這一代的武林

《柒 武林醜聞》

張小花——著

【目錄 Contents】

·第一章·

騎虎難下

唐傲的針上都帶著毒性，如果他驟然收功，將近上萬根毒針就會一起落在他身上，到時候恐怕就算唐傲都救不了他，可是又不能就這麼一直游動著，有句形容尷尬處境的話叫騎虎難下，王小軍這時則面臨著游龍難下的局面。

唐思思道：「幸好我媽識破了對方的詭計，讓老胡前去照應，這才保住了暗器譜。」

唐德掃了一眼周佳道：「你怎麼知道這是詭計？」

周佳回道：「對方完全有硬搶的實力，故弄玄虛自然是為了打草驚蛇然後順藤摸瓜，可見他們其實並不知道暗室的所在。」

唐德狠狠瞪了唐缺一眼道：「廢物，連個女人也不如！」他又看看胡泰來道：「你說，你是怎麼從那人手裡搶回暗器譜的？」

胡泰來言簡意賅道：「我只是聽從了伯母的意見而已。」他因為答應過唐缺不把他丟人的事說出去，所以細節一句也沒提。

唐德又道：「那這本書上的內容你看過了沒有？」

胡泰來道：「隻字未看。」

唐缺也暗暗地點點頭，唐德這才放下心來。

周佳鼓起勇氣道：「說起來……這幾個孩子昨晚可出了大力，小軍還為此受了傷，泰來更是立了大功。」

唐德輕描淡寫道：「嗯，從這個角度上來說，你也算是將功補過了。」

這看似無意的一句話終於把王小軍徹底惹毛了，他斜眼看著唐德道：

「我想請問唐老爺子，周阿姨何過之有？」

唐德道：「你們是因為她才來的唐門，這不是她的罪過嗎？」

王小軍嘿然道：「您不覺得您欠她一個道歉嗎？」

唐德不可置信道：「我？欠她一個道歉？」

王小軍道：「沒錯，不光是欠周阿姨，我看你還欠思思一個道歉。」

唐德幾乎被說愣了：「為什麼？」

王小軍脫口道：「因為你從不把她們當人，現在是廿一世紀了，女人和男人一樣平等，你不但要把孫女嫁給一個她不願意嫁的暴發戶，還實行封建家主那一套，就算女兒錯了，老媽何罪之有？況且你受了人家的恩惠，半點感謝的意思都沒有，這母女倆並不欠你的！」

周佳忙道：「小軍，別說了！」

王小軍繼續道：「我說得不對嗎？沒想到作為武林世家的唐門如此冷血，有利用價值的才是孫女，用不上的就掃地出門，思思在外面受了多少苦，這老頭知道嗎？今天他必須給你們倆道歉！」

唐德視別人為無物，自己為了唐家堡受了傷、胡泰來拼命奪回暗器譜，他不但沒有半個謝字，還要被懷疑，這些他都可以忍，但他就是看不慣他漠視這對母女。這種冰冷到骨子裡的冷漠，跟草菅人命是一樣的。

在唐家堡一帶，所有人在唐德面前連一個毛孔都不敢放縱，今天聽到的大不敬的話簡直比這二十年加起來的還多！唐德怒極而笑道：

「連綿月大師都說不管我的家務事，這小子居然讓我給家裡的女人道歉，鐵掌幫果然霸道！」

王小軍傲視道：「我就是這麼霸道！」

唐德遽然道：「你憑什麼？」

「就憑我這雙鐵掌！」王小軍毫不畏懼地說。

唐德森然道：「好，終於明目張膽地欺壓到我唐門頭上來了──」他猛然回頭道：「唐門弟子，還有喘氣的沒有？」

唐門弟子一聽，這是老祖宗要點將了，全都不約而同地低下了頭。

這時唐傲往前走了一步，淡淡道：「爺爺，讓我來。」他表情漠然地看著王小軍道：「你如此得罪我爺爺，我必須出手教訓你；而且，我聽說在西安的時候，你說我們唐門『不過如此』，有這回事嗎？」

王小軍愕然道：「有嗎？你說有就有吧。」以他張揚的性格，類似的話不知說過多少。

唐傲道：「我代表唐門和你一戰，你要是輸了，就給我爺爺磕頭賠罪，以後不許再踏入唐門一步。」

王小軍反問道：「要是我贏了呢？」

唐德冷笑一聲：「你贏了，自然你說什麼就是什麼！」

王小軍爽快地回道：「好！」

事已至此，旁人連勸的勇氣也沒有，只能眼睜睜地看著事態朝著不可阻止的地步發展，唐思思和周佳已經六神無主，陳覓覓知道王小軍毫無把握，這時只好朝綿月投來求助的目光。

綿月不勸架反道：「好，武林後起之秀切磋武藝尋常也難見著，那我就來做個見證。來，咱們一起去院子裡觀看。」

王小軍錯愕萬分，拽著陳覓覓小聲道：「媽的，大師不都是息事寧人的嗎？這和尚怎麼唯恐天下不亂？」

唐門弟子們見唐傲要出手，個個意外之餘也很振奮，顯見他們對唐傲很有信心，一干人開始清理場地，為這場比武做準備。

胡泰來和唐思思圍著王小軍，不知該如何鼓勵他，陳覓覓卻知道此時多說無益，她拉著王小軍的手道：「你傷還沒好，讓我去吧。」

王小軍苦笑道：「唐傲挑戰的是我，你又沒說過唐門不過如此的話，知道人家手裡有王牌還胡亂挑釁，活該被人打趴。」

陳覓覓聽他話裡的意思竟是半分把握也沒有，不禁更增擔憂，自她認識王小軍以來，她還沒見過他如此的消沉。

唐思思在一旁急道：「你現在去跟我爺爺道歉還來得及。」

王小軍歪著臉道：「不行啊，有個人不讓我這麼做。」

「誰？」

王小軍笑嘻嘻道：「虛榮。」

唐思思跺腳道：「你還有心思開玩笑，你可想好了，跟我二哥比武不同以往比試拳腳，他的散花天女一旦出手，你就非死即傷；就算他的暗器上無毒，被幾百根針扎中的滋味也不好受呀。」

王小軍掃了一眼地上的磁鐵網，喃喃道：「看來我很需要那樣一張網啊。」

大家都知道他在胡說，那網起碼一兩百斤，披在身上連步也邁不開，更別說跟人比武了。

陳覓覓趕緊傳授心法：「一會兒你就用剛學的輕功，片刻不停地動起來，實在不行，也只能求盡可能少的被針扎中了。」

唐思思聽了道：「對，這是個法子，你一被扎就馬上認輸，我讓我二哥先把解藥準備好……」

王小軍無言道：「這麼說，居然沒一個人看好我？」

陳覓覓正色說：「小軍，現在不是逞強的時候，人在江湖，誰也不可能不打敗仗——」

這時，胡泰來忽然貼近王小軍，在他耳邊低聲道：「一會兒我會找機會擋在你和唐傲之間，咱們還用以前商量好的法子對付他，你制住他之後，我去跟唐德道歉，老頭只要顏面不失，想來也不會追究。」

王小軍瞪大了眼睛道：「你還在打這主意？」讓他吃驚的是，一向老實端厚的胡泰來居然也被逼得琢磨起這種擦邊球來了。

胡泰來認真說道：「這口鍋本就該我來背，我早想替思思她們母女說這句話了，我嘴雖然笨，不過皮糙肉厚，被唐傲的針扎幾下也不要緊。」

王小軍其實看出胡泰來寧願捨棄名譽不要，打算出來攪局，主要還是怕他受了重傷。

他正想勸胡泰來放棄這個念頭，就聽唐德大聲道：「旁人都隨我去二樓觀戰。」

王小軍納悶：「去二樓幹什麼？」

唐思思道：「唐門但凡有正式比試，為了不被暗器誤傷，圍觀的人都會去二樓觀看。」

唐門弟子們簇擁著唐德和綿月往二樓走去，有兩名弟子背著手，面無表情地看著陳覓覓和胡泰來，監督之意很明顯。

胡泰來道：「我們就在現場觀看，不用麻煩了。」

唐德驀然回頭道：「莫非你想搞什麼鬼？」

王小軍推了他一把道：「你去吧，我自有辦法。」

陳覓覓千叮萬囑：「小軍，記住我的話，一旦應付不來馬上認輸。」

眾人來到二樓露臺上，這裡被闢成一個偌大的空地，護欄的部位全部是強化玻璃，還提供有望遠鏡，簡直就像球場的貴賓室一樣。

唐德邀請綿月落座，興致勃勃地往場上看著，與他們表情截然不同的是陳覓覓胡泰來等人的憂心忡忡。

此刻唐家堡院子的沙地上除了唐傲和王小軍再無他人，唐傲駝背、戴著過氣的眼鏡，臉色蒼白，一如既往地漠然，卻散發著強大的氣場。

王小軍只覺渾身不自在，他用腳尖劃拉著地上的沙土，笑嘻嘻道：「唐兄，我們又見面了。」

唐傲也不廢話，神色木然道：「一會兒開始後我會用暗器打你，只要你碰到我的身體就算我輸。」

王小軍道：「這樣公平嗎？」

唐傲道：「我拳腳功夫必不如你，所以這樣很公平。」

王小軍道：「好，我也無話可說，你需要我站在多遠的距離來追你？」

兩個人現在相距不過三五步遠，王小軍只要往前一跳就能抓住唐傲，所以他問唐傲要不要走遠一點才開始。

唐傲道：「不必，我喊開始之後馬上開始，三、二、一——開始！」

王小軍的心幾乎提在嗓子眼上，聽到「開始」二字後，他的身子猛地躥了出去！

鐵掌幫的輕功樣式難看，但一如鐵掌幫的武學理念，追求的是實用、威力十足，王小軍見過父親施展輕功的樣子，也曾從視頻裡看到過爺爺王東來的示範，那樣子直上直下，直來直去，形似一隻會瞬間轉移的殭屍，但他慢慢明白了，這才是輕功的最高境界——鐵掌幫輕功以內力催動身體驟然而動，就省了很多彎曲關節的時間，也更容易讓對手無法防備，在短距離內瞬息而至，配合上鐵掌的威力，相當於給一台巨無霸坦克配上了靈動的屬性，這種加成是十分恐怖的！

現在他見唐傲距他不過三米左右，心裡忽然又燃起了求勝的欲望！只要他能利用好輕功的優勢，就能瞬間解決這場戰鬥！

在圍觀的人眼裡，王小軍確實做到了「快如閃電」四個字，他們壓根就沒看見王小軍動，然後他就憑空消失在原地，再一閃的工夫又出現在唐傲剛才的地方，眾人不禁看傻了眼。

陳覓覓心裡一陣驚喜，然而唐傲已經撇下王小軍，遠遠地站到距他十多步的地方。

唐傲動起來的樣子同樣不好看，但也不難看，他的姿勢很奇異——一條腿抻得筆直，另一條腿卻極盡彎曲，然後把身子壓得很低很低，再猛地彈出去！整個動作看起來像是一隻受過傷、但也因此變得無比機警的麋鹿，又像是一隻懂得調整氣息、先抑後揚的跳蚤；總之，當王小軍閃現在他剛才的位置時，唐傲硬是比他早了零點幾秒的時間彈到了別的地方！

王小軍心裡一陣惘然，這個機會沒抓住，他正置身於一場沒有止境的戰鬥，接下來只有被動挨打的份兒，唐門以暗器稱霸，在遊走避敵方面果然有獨到之處！

唐傲扯開距離的瞬間已經出手——兩條雪亮的白線蛇形鼠竄一般，分襲向王小軍左肩和胸口，王小軍先是一愣，他沒想到唐傲居然不用散花天女，本來已做好了挨打的準備，這時身子向前一躍，堪堪躲了過去。

唐傲似乎也早有預料，王小軍身形閃動之處，又被他兩道亮光籠罩起來，裹挾在疾風裡的暗器似乎是軟釘，奔行起來左右晃動，讓人很難防備。

王小軍當下聚精會神地死盯著它們的來路，霍然出掌將其攔擊下來，這兩道暗器就像被擊中了七寸的蛇一樣，在地上扭曲了幾下才寂然不動。

然而王小軍並沒有絲毫勝利的喜悅，相反，一絲陰影掠上了他的心頭——就在他出掌的同時，他發現自己一運內力，經脈中就像有兩隻老鼠在噬咬一樣疼癢交加，這種症狀正是昨天中了那風衣人兩掌的後遺症。

此時大敵當前，內力卻出了問題，這無疑是把他最後的取勝希望也剝奪了。

唐傲四支軟釘沒有取得效果，但他不急不躁，雙手連動，就聽「嗖——

嗖——嗖——」聲不斷，各式各樣的暗器層出不窮的射向王小軍。

王小軍這時打定主意：論靈敏，他永遠比不過暗器，所以他放棄了用輕功擺脫的念頭，全神貫注地揮舞著雙掌，將那些暗器逐一擊落。就聽場上「嗖嗖嗖、啪啪啪」的響聲不絕於耳，玻璃房裡也傳來一陣陣叫好聲。

原來，眾人也發現了其中的精彩之處——唐傲距王小軍十米左右，但他發射的暗器無一打空，全部擊向王小軍身體各個穴位，勁力之足、認位之精已達到驚世駭俗的地步；而且這些暗器層次分明，他和王小軍隔空相對，就像兩個近戰高手拳腳相加地搏鬥一樣，所不同的是，唐傲全部以暗器代替拳腳功夫，而且打得間不容髮，從這個角度上說，唐傲的近戰術也絕不像他說的那麼不堪！

綿月坐在那裡拍手叫好道：「好！好啊！」唐德也面有得意之色。陳覓覓等人面色更加難看。

其實在這個過程中，王小軍也展現了不凡的掌法，但是誰都明白，他的掌法再好也不能隔著十米的距離制勝，而唐傲則穩立不敗之地，他的暗器失去準頭對他來說絲毫沒有影響，可是王小軍卻不能失誤！甚至還要留神不要被那些暗器刺破皮膚。

王小軍此刻心中有無數頭神獸奔過，他自出道以來，也算對戰過無數高手，可從沒像今天怎麼窩囊，唐傲從十米以外施放暗器，就像一個長手長腳的怪物，王小軍費盡艱辛換來的前進一步，人家只需輕描淡寫地退後一步就讓他的辛苦瞬間白費，想在這種局面下拉近和唐傲的距離幾乎是不可能的！

最讓王小軍暗暗心驚的是，那些暗器無所不包，所以不能一概而論地對付，比如迎面打來一根鋼針，你就不能硬迎上去，而是要從側面把它擊落；如果是一面小小的帶刃迴旋鏢，你就得小心翼翼地把它按下去，王小軍勞心勞力，陷入了永無止境的苦戰。

他更驚訝地發現：唐傲居然能用暗器打出各種招式——那一簇鋼針就像是極盡剛猛的一拳，那支迴旋鏢則是陰柔的一掌，當那枚在地上彈了一下又反跳上來的指環奇襲王小軍下盤的時候，王小軍忍不住捂著褲襠跳了出去，鐵青著臉喝道：「不要臉，還帶來陰的？」

唐傲面色如常，仍舊慢條斯理地丟著暗器，這也是最讓王小軍佩服的一點：唐傲身無長物，可暗器就像永遠打不完，也不知道他的暗器到底是從哪兒掏出來的。

王小軍越打越崩潰，他汗流浹背，隨著內力的流失，那股噬咬之力也越來越強，他忽然沒來由地一陣心灰意懶，一個念頭無比強烈地盤旋在腦海裡：「算了，就這樣放棄吧，反正也沒想過要贏……」

這其實也是陳覓覓他們的想法，他們看出王小軍正在漸漸力竭，而且這個時候敗下陣來至少不用受千針攢刺的苦。

唐思思忍不住大喊一聲：「小軍，你認輸吧！」

這句話，王小軍在恍惚中並沒有聽真切，巨大的精神壓力讓他在對付那些暗器中耗費了比平時多出十倍的精力和體能，他心裡想放棄，可身體卻不由自主地硬撐著，王小軍這時才發現，他到底是老王家的人，脾氣和爺爺還有父親如出一轍：又倔、又臭、又硬！

唐傲本來一直保持著自己的節奏，這時手上忽然頓了一下，接著開始調整腳步，別人還不覺怎樣，可是已經習慣了唐傲驚濤駭浪一樣攻擊的王小軍卻是一個激靈，他馬上意識道：唐傲的暗器終於要打完了！

他試探性地邁前一步，唐傲無動於衷地向左平移，他眼角低垂，不斷觀察自己和王小軍之間的距離，儘量讓自己和對方保持在一個面對面的直線上。隨即手裡一閃，已出現一個銀白色的鐵球——散花天女！

散花天女光芒一爆的瞬間，矩陣一樣的釘牆已經推至眼前與王小軍呼吸相聞，在這一刻，王小軍忽然明白了一個道理——散花天女是不可用來逃避的，輕功再高也不行，這一點更像是一個陷阱，它吸引著人們犯錯！

當一個途徑徹底堵死之後，王小軍變得霍然開朗，既然不能逃又不能擋，那就只能「引」！在他眼裡，那面羅列密織的釘牆忽然變化了層次，在王小軍的視網膜上，它更像是一條盤旋起來的龍！

彈指一揮間，王小軍舉手釋放出一條游龍氣，它引著這條針龍的頭遊走，瞬間將它抻開拉長，這一刻，王小軍的游龍勁由無形無質變成了有形有質，一條由九百六十一顆影釘組成的針龍就在王小軍身前身後遊走起來！玻璃房裡的人們都站了起來。

唐傲的臉色愈發蒼白了，同時眼睛裡也有了憤怒之色，他之所以能超然地活著，什麼都不在乎，那是因為他是散花天女的主人。他上前一步，光芒再閃，又一顆散花天女被他拋了出來。

王小軍此時手裡拽著那條針龍來回亂掄，而先前那條針龍就像有磁性一樣，把第二顆散花天女的影針全部吸收，形成了一條更為密集的針龍。

唐傲嘴唇緊抿，一言不發地步步上前，每一步邁出就有一顆散花天女爆開，操場上就像有面天空倒了下來，從雲層裡不斷爆發出暴風驟雨一般的針陣，王小軍催動內力，使游龍勁不斷圍繞他盤旋著，那些後來的針陣不斷加入針龍之中，片刻之間，唐傲已打出十顆散花天女，而王小軍手裡，也有了一條由九千六百一十顆影釘組成的巨大針龍，它在王小軍身前身後呼嘯盤旋，九千六百一十顆影釘之間相互摩擦，發出細微的稀嘩之聲，就像龍鱗在作響！

那頭針龍外貌猙獰且呼呼帶喘，真如洪荒巨獸一般，那場面可謂壯觀！不過王小軍本人可沒工夫覺得自己酷炫——他雙臂酸得都快抬不起來了，原因很簡單，那些影釘雖然根根細如髮絲，可是將近一萬根加起來也是不小的重量，又在空中盤旋飛舞了這半天，自重加上勢能，王小軍的活兒可不比舞龍的輕。

游龍勁講究讓內力傾巢而出形成防護罩，王小軍這時內功日深，平時使用游龍勁已經不用把全部內力都傾瀉出去，不過此刻為了讓這條龍游動起來，內力的運用達到了臨界點；然而與此同時，他竟然覺得體內絲絲熨貼，先前受過風衣人兩掌的地方，就像兩股溫泉出口一樣，咕嘟嘟地冒出陣陣暖意，當真是說不出的舒服，王小軍心中驚詫，渾然不明所以。

但當下亟待解決的問題不是這個，而是該怎麼收場——這條針龍可不是說放就放的！

王小軍知道唐傲的針上都帶著毒性，如果他驟然收功，將近上萬根毒針就會一起落在他身上，到時候恐怕就算唐傲都救不了他，可是又不能就這麼一直游動著，有句形容尷尬處境的話叫騎虎難下，王小軍這時則面臨著游龍難下的局面。

陳覓覓也看出了王小軍的窘境，不禁叫道：「壞了！」

與其說王小軍在舞龍，不如說是被這條針龍裹挾了起來，他強迫自己冷靜，逐漸發現這些影針還是可以區分針尖和針尾，它們細如髮梢，不過針尾特別明顯，如同螞蟻的腦袋，是一個個的小圓點，王小軍和這些針近在咫尺，所以看得特別清楚。

將近上萬根針，規模形狀如出一轍，一眼就能看出是經過人工打磨的。這麼多針，隨便拿出兩根恐怕只有拿到顯微鏡下才能看出區別，這種做工不得不讓人佩服，王小軍不禁喃喃道：「奶奶的，手藝這麼好，唐門怎麼不去給人做代工？」

他發現了這個特點之後，心裡已經有了初步的辦法——他要讓所有的針尾都面朝自己，然後用掌力把它們推出去！

因為只有針尾的地方無毒，所幸大部分影針都是尖朝上，操作起來不難，難的在於其中混了不少頭尾相反的針。想做到這一點，仍然只有靠游龍勁，不過考驗的就是技術了。

眾人就見一條針龍圍繞著王小軍不住盤旋，這時忽見龍身上有幾處炸毛，誰也不知道王小軍在搞什麼鬼。

對王小軍而言，這幾處「炸毛」可相當不易，他不但要不斷揮出內力讓針龍動起來，而且還得做手腳放出別的游龍勁，讓那些逆向的影針順過來，其難度不亞於做一台精密的手術。

此刻條件成熟，王小軍終於衝著龍身拍出一掌，一簇影針被他擊出，「蓬蓬蓬蓬」全部釘進牆壁，接著王小軍連連發掌，這條巨大的針龍被他片片肢解，分解成一簇簇的針群四處散落，其中好幾簇扎在玻璃房的強化玻璃上，居然無一根掉落，嚇得裡面的眾人下意識地閃身後退。

王小軍雙掌隨性而發，九千多根影針四散亂射，紛紛釘在唐家堡的牆壁上、屋頂上、門上、窗上，院子裡劈里啪啦像下著疾勁的雨。這時有兩個人剛要從大門走進來，一陣針雨迎面而來，嚇得兩人急忙躲了起來。

當王小軍把針龍散盡，唐家堡也像受了重傷似的，到處都是針孔了。

唐傲自始至終站在操場中央沒動過地方，這時淡淡道：「我輸了。」

王小軍道：「唐門第一高手，名不虛傳。」他這倒不是說便宜話或者無營養的恭維，他知道自己今天能贏實屬僥倖。

這時門口的那兩個人大步走了進來，當先那人衣冠楚楚，見唐家堡滿目瘡痍，忍不住驚怒交集道：「這是怎麼回事？」

正是唐家大爺唐聽風，而他身後那人則是唐思思的父親，兩個人從西安趕回來，一進家門就碰上了這樣的場面。

唐傲道：「父親，我比武輸了。」

唐聽風正想再問，唐德帶著唐門弟子從玻璃房裡走了出來，老頭表情複雜，短短幾步路走得特別遲疑，唐門弟子和他一般無二地把驚恐、憂鬱、沮喪都寫在臉上。

陳覓覓等人卻歡呼一聲撲到了王小軍身邊，王小軍小聲道：「慚愧，這次是武當派和鐵掌幫合力打敗了唐門。」

陳覓覓點點頭，她知道這一役游龍勁立了不世之功，可她也清楚若無非凡的掌力，王小軍最後照樣會被困在針龍裡難以脫身，說是合兩派之力打敗唐門，這話一點不假。

唐聽風見唐思思和王小軍都在，臉上掛著寒霜道：「你們是怎麼進來的？」

唐德滿腔憤怒正無處發洩，這時咆哮道：「你給我滾開！」

唐聽風在別人面前威風八面，被唐德一聲呵斥，也只得畏畏縮縮地站到了後面。

王小軍道：「老爺子，願賭服輸，你答應我的事怎麼辦？」

唐德沉著臉道：「你想讓我做什麼？」

王小軍一指周佳：「先跟我阿姨道歉。」

「你放肆！」唐聽風雖然不知道家裡發生了什麼事，不過聽有人敢跟父親這麼說話，忍不住立即暴跳起來。

「你閉嘴！」唐德這會卻是面臨著惱羞成怒的尷尬局面。他目光灼灼地盯著周佳，對這個他從未正眼瞧過的女人，道歉的話實在不知該如何出口。

綿月笑嘻嘻道：「唐兄，佛說眾生平等，佛都這麼說了，你老兄還有什麼放不下架子的？」

唐德最終無奈地對周佳道：「以後無論吃飯開會……你坐唐缺的位子。」

「誒？」唐缺愕然道。沒想到自己躺著也中槍，但是他爹都被訓得大氣不敢吭一聲，他自然也不敢說什麼。

唐門弟子譁然，唐門自古就不把女人當成正式的家庭成員，讓周佳坐唐缺的位置，就相當於承認她在家裡的位次僅次於唐家大爺二爺。

周佳淚光瑩然道：「謝老祖宗。」口氣裡既有欣喜，也有無盡的委屈和無奈。事到如今，唐德始終不肯說出抱歉二字，不過能做到這一步已經算是破天荒了。

王小軍本來還想理論，周佳衝他微微搖頭，王小軍只好又一指唐思思道：「跟思思道歉。」

唐德沉著臉道：「以後思思跟她兩個哥哥享受一樣的待遇，至於那門婚事，誰也不許再提！」他怒視王小軍道：「你還有什麼要求？」

王小軍絲毫沒有罷手的意思，繼續道：「昨天有人夜襲唐家堡，我們幾個可都是拼了命的，我就算了，陳姑娘和老胡卻至今沒人對他們表示過謝意。」

唐德賭氣地抱拳道：「多謝兩位！」說著扭頭就走。

「誒等等，我還沒說完呢。」

唐德勃然道：「你還想幹什麼？」

王小軍嘿然道：「咱們說好的，是誰贏了聽誰的，可沒規定幾個條件——」他的字典裡從沒有「息事寧人」這四個字，這場架贏得如此艱辛，要是不好好利用，豈不是連自己都對不起?!

唐德強壓怒火道：「你說！」

胡泰來見狀有點於心不忍，拉了王小軍一把小聲道：「差不多行了，見好就收。」

唐思思也怕搞得難以收拾，向王小軍遞了個白眼。

王小軍攤手道：「好吧，我沒別的要求了。」唐德這才大步走了。

王小軍看了胡泰來一眼道：「我還想著讓老頭把思思嫁給你呢，既然你說算了，那就算啦。」

胡泰來不知道他是認真的還是胡說八道，不禁愕然。

比武的事情告一段落，眾人都隨著唐德回到唐家堡。

回到會議室，唐德仍讓綿月坐了首席，唐缺拉開椅子剛要坐，王小軍咳嗽一聲，唐缺一凜，無奈地朝周佳做了一個請的手勢。

周佳看了看唐家二爺，唐德喝令道：「都坐吧。」於是周佳挨著唐二爺坐了下來。唐缺和唐傲坐在她下首。

唐思思因為得到了跟他們倆相同的待遇，坐在了唐家座位的最末，王小軍他們也毫不客氣地坐到了客座。

唐德對唐缺道：「你再把昨天的事講述一遍。」

唐缺不敢違抗爺爺的命令，於是把昨天四人夜襲唐門的事又講了一遍，說到有人冒充大太保的事情時，只說是自己和胡泰來一起抗敵，奪回了暗器譜。

唐聽風聽到大太保那兒，已知唐缺中計，狠狠瞪了唐缺一眼，道：「父親，您怎麼看？」

唐德沉著臉道：「我倒想問問你們！」

唐聽風道：「如今武林裡精於輕功的人並不多，對方能收攬如此多的輕功高手集體行動，倒像是神盜門在作祟。」他頓了頓接著道：「那個風衣人有如此實力，也該是響噹噹的人物，假以時日，該不難查出才對。」

唐德道：「那我再問你們，這些人為什麼要對付我們唐門？」

唐聽風踟躕道：「這個……就不得而知了。」

周佳小心翼翼道：「其實我更關心他們偷走暗器譜以後打算怎麼用？」

王小軍忍不住舉手道：「我很好奇暗器譜裡面到底有什麼？」

·第二章·

蒙面人

唐聽風射出的是一支銀筷，不想蒙面人聽音辨形，微一低頭就將銀筷讓了過去，擋在他前面的，正是猝不及防且不會武功的周佳！就見一根銀筷馬上就要射進周佳腦門，唐思思倉惶之下只長大了嘴，嚇得連半點聲音也發不出！

唐德瞪了他一眼，他努力讓自己忘了王小軍的存在，結果這小子又跳了出來，但見綿月也把疑惑的目光投來，只好解釋道：

「暗器譜上記錄了自唐門開創以來所有暗器的鑄造之法、使用手法，還有毒藥的配製以及解毒的方法，是唐門最大的機密和生存根本。」

王小軍無語道：「你們沒事記錄這些幹什麼，這不是吃飽了撐著嗎？哪有人把不傳之秘寫在紙上的？簡直一點防盜意識都沒有！」

唐家二爺見陳覓覓和胡泰來甚至綿月臉上都有不以為然的表情，顯然十分認同王小軍的話，只好道：「唐門自古以來流傳下來的暗器、毒藥有成千上萬種，不記載下來難免會有遺失，而且收藏暗器譜的暗室只有唐門直系兒孫才知道，這麼多年以來從沒出過意外。」

唐缺聽到這裡，鬱悶地低下了頭。

唐德略過這個話題，盯著唐傲道：「唐傲，你覺得呢？」

唐傲道：「我覺得嬸娘的話說得對——對方偷了暗器譜以後想怎麼用很讓人費解，毋庸諱言，暗器譜裡記錄的大多數內容因為材料等各方面的局限已經不能再用；至於使用手法，沒有老師的親自指點也很難具備威力，暗器譜對外人的實用價值其實很低，但它對我們唐門而言，卻是一件寶貝和信物，所以我覺得對方偷走它的目的不是要學上面的東西，而是想利用它的特殊價值來要脅我們！」

陳覓覓小聲道：「沒錯，真武劍也是一樣！」

唐德沉吟道：「有人想要脅唐門？那他想幹什麼呢？」

唐傲道：「總之，這人既然知道利用神盜門，想必也是武林人士，再有，他出手很闊綽！」

綿月忽道：「在沒有確切把握前，這種影響思路的斷定還是少下。」他對唐德道：「唐兄，我說過這件事我不會袖手旁觀，我在江湖裡也還算有幾分面子，我這就讓他們行動起來調查此事。再有十多天就是武協大會的日子了，唐門也是武協的成員，到時候你在會上也提一提，總歸是人多好辦事。」

唐德道：「多謝綿月大師，我們這些俗人俗事還要勞煩您操心。」

這個會開得其實也沒什麼結果，唐門也只能派出人手，去附近查查有沒有陌生人留下的線索。

散會之後，唐思思舊事重提，要帶著周佳離開唐門。

周佳道：「傻孩子，這種時候我更不能走了。」

唐思思鬱悶道：「為什麼？」

周佳為難道：「唐門現在是多事之秋，我得和你爸爸同甘共苦，再說，你爺爺剛有示好的舉動，我這一走，不是不給他面子嗎？」

唐思思哼了聲：「他那是因為賭輸了！」

這時唐思思的父親悻悻地走了過來，這位唐家二爺同樣是面目俊朗，但總有股鬱鬱不得志的頹態，家族會議的時候也絕少說話，顯得底氣不足，看來他們的父女感情也不會太好，他這一出現，唐思思果然不說話了。

周佳急忙給王小軍他們介紹道：「這是思思的父親——聽雨，這幾位你都認識了吧？」

唐聽雨點點頭，一副有點尷尬的樣子。

胡泰來和陳覓覓客氣地跟他打招呼，王小軍卻小聲對唐思思道：「你大伯叫唐聽風，你爸叫唐聽雨，這哥倆合起來聽風就是雨啊，怪不得疑神疑鬼的！」

唐聽雨訥訥對唐思思道：「這次回來……會不會多住幾天？」

唐思思不假思索道：「不了，我們這就走。」轉頭對周佳道：「媽，如果你堅持的話，我過些日子再來接你。」

周佳道：「你要去哪裡？」

唐思思眼睛一紅道：「不知道，四海為家吧。」

王小軍嚷嚷道：「說那麼慘幹什麼，好像我們都不管你似的。」

周佳拉著女兒的手道：「怎麼也得吃了晚飯再走吧？」

唐思思不忍拒絕母親，只好點了點頭。

陳覓覓問王小軍：「我也要問你同樣的問題，吃了晚飯，咱們去哪兒？」

王小軍見她眼神閃動，一笑道：「我跟你想的一樣。」

陳覓覓納悶道：「你知道我在想什麼？」

王小軍道：「我看武當真武劍和唐門暗器譜可以合併成一案了，咱們這就去找千面人！」

陳覓覓嫣然道：「果然說到我心裡去了。」

胡泰來提出疑問：「可是咱們去哪找千面人？」

王小軍想了想道：「從楚中石看神盜門的特性，他們不得手是不會甘休的，所以我猜千面人必定沒有走遠，咱們給他來個守株待兔！」

胡泰來道：「你的意思是咱們並不真的離開唐門？」

王小軍點頭：「沒錯！」

這時綿月遠遠地招手道：「王小軍，你過來。」

王小軍本來對綿月很有好感，可是在唐傲和自己對決的時候，絲毫沒見他有幫自己的意思，甚至連阻攔都沒有，不禁疑竇叢生，便頓了頓道：「大師找我有事嗎？」

綿月道：「閒聊幾句。」

王小軍無法推拒，上前道：「大師有話請說。」

綿月卻不著急，帶著王小軍在唐家堡的草坪邊上閒逛起來，兩人並肩走出老遠，眼見四下無人，王小軍忍不住道：「大師？」

綿月忽然道：「王小軍，你學武是為了什麼？」

綿月一句話把王小軍問愣了，他從來也沒想過自己學武是為了什麼，練鐵掌是為了對付唐缺，學纏絲手是為了給胡泰來解毒，學游龍勁是為了少挨苦孩兒的打，可以說，是一連串奇形怪狀的遭遇硬生生把他逼成了高手，可學武到底為了什麼，他自己也很糊塗。

王小軍苦笑道：「大師，你還不如問我是誰，從哪裡來，要去哪裡……」

綿月道：「我知道你是誰，也知道你從哪裡來，我不管你要到哪裡去，我只想知道你為什麼學武？」

王小軍撓頭道：「其實兩個多月以前，我壓根就沒想過要學武，甚至不知道還有武林存在。」

綿月訝異道：「那你還是個武學奇才啊。」

王小軍撓頭道：「奇才算不上，奇遇倒是有一些。」在綿月面前，他不敢信口開河。

綿月忽然話峰一轉道：「據我所知，你還沒加入武協，再過十多天就是武協大會了，你要去嗎？」

王小軍點頭道：「要去！」如果硬要說學武是為了什麼的話，那就是阻止余巴川入主武協。

綿月道：「那可你知道入了武協之後，會有諸多限制？」

王小軍道：「武協會員之間不能隨便動手，我這個人，只要你不惹到我頭上，我也不愛跟人動手。」他見綿月笑吟吟地看著他，認真道：「我說的是真的。」

綿月道：「除此之外，武協還規定會員不能干涉世俗生活，換句話說，當你看到小偷行竊、強盜搶劫也不能出手制止，這點你能做到嗎？」

王小軍詫異道：「這些也不讓管？」他隨口道：「嗨，有些規矩也就是說說而已，大師說的這些情況，咱們料理也就料理了，誰還能因為這個較真？不然咱們武林人士學一身本事為什麼？再說，這又不違背行俠仗義的武德。」

綿月道：「所以我說你未必適合加入武協，毋庸諱言，能加入武協的都是武林中的佼佼者，說句時興話，武協走的是高端路線，可如今在武協裡主事的都是些老古董，思想守舊、尸位素餐，你有困難他未必管，你只要稍有逾矩他就冒出來，你還年輕，以後要走的路還長，這一步棋怎麼走，你可得想好了。」

王小軍納悶道：「大師是什麼意思？」

綿月道：「是金子總要發光，人這一生總得無愧自己、無愧這一身的本事才是。」

王小軍道：「您是想讓我當一個為國為民的大俠？」

綿月道：「為國為民不敢說，既然身在武林，那就要為武林著想。」

王小軍道：「大師能不能把話說明白一點？」

綿月一笑道：「日後你自然會明白的，但願下次再見時你能明白我的苦心。」說著逕自走了。

王小軍不禁滿頭霧水：「這個和尚真是莫名其妙！」

午飯過後，一幫年輕人都聚在陳覓覓的房間裡閒聊，周佳倍加珍惜和女兒的相聚時間，於是也參與其中。和這幾個孩子在一起，她無拘無束，加上王小軍不斷插科打諢，惹得周佳笑聲不斷。

唐思思忽然正色道：「媽，我有個很重要的問題要問你。」

周佳道：「什麼事？」

唐思思道：「姥姥說她吃過最好吃的東西是一隻炸雞，我只知道她說的那個城市就是小軍所在的城市，你知道是哪一家嗎？」

王小軍聽了道：「沒錯，思思是為了這個才誤打誤撞進了我們鐵掌幫，我和老胡那些日子陪著她吃了上百隻炸雞。」

胡泰來也是眼睛一亮，那段日子他永生難忘，也很想知道全世界最好吃的炸雞到底是哪一家。

周佳一愣，隨即搖頭苦笑道：「傻孩子，你姥姥精於廚藝，什麼好吃的沒吃過?!她那無非是句玩笑話，她之所以說那隻炸雞好吃，因為那是你姥爺買給她的啊。」

「蛤？」四個年輕人一起大跌眼鏡。

唐思思不可置信道：「只是因為這個嗎？」

周佳回憶道：「那時候條件不好，你姥爺和姥姥偶爾經過那裡，你姥爺知道你姥姥嘴饞，用身上僅有的錢買了隻炸雞給她，你姥姥為了哄你姥爺開心，就一直對外宣稱那是全世界最好吃的東西，其實她後來告訴我，那隻雞又柴又鹹，簡直難以下嚥。」

「原來是這樣啊。」唐思思先是有些失望，釋懷後只覺十分溫馨，喃喃道：「原來是這樣。」

王小軍衝陳覓覓眨眼道：「我也給你買炸雞吃啊？」

陳覓覓笑道：「那你也得給我買又柴又鹹的。」

這時，就聽樓上東南角的方位忽然發出「轟通」一聲響，聽動靜像是門板之類的東西砸在地上，起初眾人誰也沒在意，還是周佳警覺道：「什麼聲音？」

「可能是哪兒在裝修呢。」王小軍隨口道。

「不對！」周佳皺眉道，「沒有思思爺爺的命令，誰也不能動唐家堡的一草一木，而且……那個位置就是思思爺爺的臥室！」說著她霍然起立，大步就往樓上走，王小軍等人也不自覺地跟在了她後面。

周佳頭前領路往三樓緊走，剛走到二三樓的過道處，她似乎怕有所不便，示意大家等在這裡，自己一個人走了上去。

周佳立身於三樓走廊中，眼望唐德臥室方向，就見一個人邁步從唐德房門裡出來，不緊不慢地迎面朝自己走來。這人中等身材，頭上裹著一件花襯衫，手裡赫然捏著那本暗器譜。

周佳一怔之後，立刻高聲叫道：「大伯，聽雨！」

那人聽到周佳報警仍舊不慌不忙，只是由漫步改做小跑，奔向樓道口，唐聽風的房間就在唐德對面，聽到周佳的喊聲推門而出，就見一個陌生人影出現在樓道裡。

「站住！」唐聽風喊這句話之前暗器已經出手，這是唐門弟子從小接受的訓練項目之一，先行放出暗器再出聲警告，為的是敵人回頭張望時正好中招。

唐聽風射出的是一支銀筷，不想蒙面人聽音辨形，微一低頭就將銀筷讓了過去，擋在他前面的，正是猝不及防且不會武功的周佳！

此刻，從王小軍他們的視角看去，就見一根銀筷馬上就要射進周佳腦門，唐思思倉惶之下只長大了嘴，竟嚇得連半點聲音也發不出！

就聽「嗤」的一聲，一枚小小的暗器後發先至，將銀筷從尾端打得蜷曲起來形成一朵銀花，兩件暗器同時掉落在周佳眼前，原來是唐聽雨在千鈞一髮之際出手了！

那蒙面人此時已和周佳面對面，玩味地打量了周佳一眼，唐聽風從他後面趕到，五指呈爪型抓向蒙面人的肩頭，同時從袖口飄出兩隻圓形小轉刀，分襲蒙面人的後背和腰間，那蒙面人頭也不回，微微擰身拍出一掌，用罡氣將兩枚暗器震落，手掌繼續向前一探，掃中唐聽風的小腹，唐聽風不由分說噗通跪倒在地，臉色瞬間慘白！

「上！」王小軍大喊一聲，和陳覓覓、胡泰來一起掠上臺階，他右掌在蒙面人眼前一晃，左掌轟向他胸口，陳覓覓和胡泰來自覺地分站他左右，各以太極拳和黑虎拳配合王小軍禦敵。

三人在一起日久，配合得天衣無縫，就如同一個三頭六臂的絕頂高手傾力而為，那蒙面人右掌自右而左地一劃，以純剛之力將胡泰來逼退一步，左手在陳覓覓肘間一點，將她的攻勢原路返回，眼看王小軍這一掌就要拍中，他雙臂一合，用兩個手肘生生將王小軍的手掌夾住！

陳覓覓被對方一拂之下，身子在原地轉了個圈才穩住，不禁心中發寒，她看出此人並不會太極拳，卻能以剛猛之勁破解她的太極勁，可謂大巧若拙，大象希聲，她生平所見能達到如此境界的，只有師父龍游道人和師兄淨禪子而已，話說淨禪子似乎也未必能有這樣的俐落。

陳覓覓沉聲道：「小心，是高手！」

王小軍堪堪把手掌奪回，抖動著隱隱發疼的手指道：「我知道！」

他這一掌連鋼板都得拍癟了，不想被對方雙肘一夾紋絲不動，要不是胡泰來又上前接應，一招之間就被對方制住。王小軍吃驚程度絲毫不比陳覓覓小，實在想不出當今世上還有誰能有這等功夫！

三人雖吃了一個明虧，這時也只有鼓舞精神再次一起出手，三個人相互之間絕無私心，出手也就毫無保留，王小軍仍然居中主攻，胡陳二人在兩旁策應，一時間又是一次雷霆攻勢！

唐思思關心母親，晚了一步趕到，關切道：「媽──」

那蒙面人見有機可趁，身子在牆壁上一蹭，竟像個紙片人似的晃了過去，瞬間到了三人的身後，王小軍大驚，陳覓覓沉著道：「不急，原樣再來！」三個人一起轉身，又齊刷刷地攻了過去。

那蒙面人鬼魅一般閃到唐思思身後，捏住她脖頸子一提，向四樓奔去。

「思思！」胡泰來和後趕到的唐聽雨一起大叫，唐聽雨更是出手就朝蒙面人後背打出一枚暗器，周佳驚恐道：「小心女兒！」

「啪！」那枚暗器飛行在半途中驟然散開，分釘在樓道的四個角落，原來唐聽雨只求故弄玄虛拖慢對方的腳步，暗器在脫手以前就捏碎了，所以並無半點實質的殺傷力。

「追！」王小軍發一聲喊，一干人氣急敗壞地順樓梯追擊而上。

眾人還沒跑上四樓，就聽上面有人哼了一聲，待到了樓道，才見唐缺軟綿綿地滑倒在地上，右手甚至還沒來得及探進鏢囊裡，那蒙面人卻暢通無阻地又跑向五樓。

唐聽雨雙眼血紅，顧不上理唐缺，已衝到了第一個，王小軍跟在他身後，就見他不斷從身上翻撿出各式各樣的暗器，然後又不停地把大概是他覺得不合用的丟在地上，於是一路看他邊跑邊扔零碎，饒是事態緊急，王小軍也覺有幾分好笑，但隨即也明白，這是唐聽雨擔心不合適的暗器會誤傷唐思思，所以才患得患失。

眾人在四樓未作停留，這時就聽唐思思大聲道：「二哥，救我！」

原來蒙面人終於在五樓的樓梯口迎面碰到了聞訊趕來的唐傲，蒙面人手裡提著唐思思，和唐傲一下一上來了個面對面，唐傲白皙瘦長的手指在木質樓梯上一按，已掰下一塊木頭，隨即揚手射出。

這些木屑木片化作一片零星暗器，看似將他和唐思思都籠罩起來，然而每一片都精準地射向蒙面人露出來的空檔，蒙面人遽然而退，躲過那些木渣，又倏忽而進，瞬間和唐傲短兵相接。他只有一隻左手可用，唐傲洞若觀火地想用雙手把他絞住，但被對方小臂一掃，整個人直接橫飛出去，四仰八叉地躺在了地上。

但經過這麼一停頓，後面的人終於趕上，王小軍只覺眼前一花，胡泰來已經飛撲過去，右拳猛擊蒙面人的後腦，蒙面人卻搶先回身一掌按在他的前心上，胡泰來沉氣凝神，霍然往前邁了一步，正是他賴以打跑孫立的移步拳。

這門功夫講究在間不容髮的時機把身體堵在敵人將發力而未發力的攻擊上，這段日子胡泰來潛心研究，這時故技重施，他覺得心口和對方的手掌一錯，頓時一喜，滿以為成功，不料那蒙面人手掌上還有第二層暗勁，胡泰來被轟然彈出，然後撞碎樓梯，直直地掉到了樓下去了。

接連受了兩次阻撓，唐思思終於逃脫而出，唐聽雨一條臂膀一張，攬著唐思思在地上打了個滾，另一隻手在半空中釋放出各種暗器，那些各式各樣的古怪暗器劈啪亂飛，直如鬧了蝗災一樣，蒙面人輕描淡寫地揮了揮手，又朝上一層樓跑去。

唐聽雨摟著唐思思，像虛脫一樣道：「思思，你沒事吧？」

「沒事——」唐思思一骨碌爬起來，趴在扶梯上顫聲喊，「老胡！」

胡泰來雙臂抓在四樓的護欄上，身體盪來盪去道：「我也沒事！」

王小軍和陳覓覓心下稍安，二人再次和身撲上，蒙面人見機極準，他五指朝下，以虎口的位置撞在陳覓覓左掌之上，陳覓覓只覺一股充沛的力道像頭有靈性的猛獸一般撲在她最沒有防備的空檔上，不由自主地退了幾步。

剛要邁步向前，那猛獸又是一掀，接連幾次，她已由樓道口退到了走廊最深處，陳覓覓神色大變，運起太極勁和那猛獸相抗，這時蒙面人沉聲道：

「坐下！」

像是和對方配合一樣，陳覓覓頹然坐倒，但是心中霍亮，對方這一聲呵斥其實是提醒她不要用強抵抗，否則非受重傷不可。她自覺四肢綿軟，雖然沒受什麼傷，可是一時竟無力站起！

「操，你敢打我老婆！」王小軍這時自知難敵，可也顧不得那麼多了，他雙掌直拍，蒙面人眼中精光暴漲，也是雙掌還擊，在巨震之下，王小軍頓時空門大開，蒙面人的手掌幾乎已按在他的胸口。

但就在這時，王小軍的右臂上就像裝了強力彈簧一樣，以一種常人無法理解也無法企及的巧妙和速度畫個圓弧拍在蒙面人的小臂上，兩人距離錯開，蒙面人渾若無事地摸了摸小臂，嘿然一笑，又飛身上了六樓。

陳覓覓緩緩站起，一干人面面相覷，人人臉上均有駭然之色。

在追與不追之間，眾人誰也沒了主意，不追，這畢竟是唐家堡，小偷在主人家裡行竊居然無人敢管，說出去唐門名聲掃地，在場的人也都臉面無光；可是要追，無非是大家一起挨打而已。

周佳忽道：「壞了，綿月大師就住在六樓！」

王小軍忙問：「綿月大師武功怎樣？」

陳覓覓緩緩道：「綿月大師被譽為少林百年難得一見的奇才，有人說他的武功甚至已在他師兄妙雲禪師之上。」

「你怎麼樣？」王小軍上前扶住她問。

陳覓覓搖搖頭示意自己沒事，王小軍這才膽戰心驚地探頭往樓上看了一眼道：「看來勝敗的關鍵就在綿月大師身上了。」

唐聽雨決絕道：「不行，唐門的事不能連累綿月大師。」說著飛身就往六樓上跑，眾人無奈，只能一起跟著。

唐傲慢慢從地上爬起來，一副喘息未定的樣子，王小軍在經過他身邊時道：「你的散花天女呢？」

「打你用光了。」唐傲嘆道。

眾人剛跑到六樓的樓道口，就聽走廊裡有人悶哼兩聲，似乎是有人動上了手，接著轟隆一聲巨響，跟著又是一聲，當大家冒出頭時，只見那蒙面人站在一個破開的大洞前，綿月站在他對面的走廊裡。

原來蒙面人用掌力擊穿了一間客房的牆壁，接著再一掌將裝著窗戶的那面牆壁也打穿，那兩聲巨響就是這樣發出來的，他見眾人追近，邁步從那個大洞裡跳了出去！

王小軍緊跑兩步，只見蒙面人從六樓躍下，人在空中衣袂飄飄，不禁大叫一聲：「摔死你！」

不料那蒙面人輕飄飄地落地，院子裡的唐門弟子壓根來不及反應，他已經幾個起落，順著院牆飛身而出，只剩樓上的人在破洞前站成一排，被震撼得鴉雀無聲。

唐聽雨回望綿月，驚訝道：「大師？」

綿月臉色難看，手捂肋間咳嗽了一聲，苦笑道：「這是何方來的高手，竟有如此掌力……」顯然，他也受了傷。

唐聽雨黯然道：「大師，終於還是讓你也受了牽連。」

綿月道：「這人來唐門究竟有什麼目的？」

「暗器譜被他搶走了。」說到這，唐聽雨忙道：「大師失陪，我父親——」他沒頭沒腦地喊了一聲，拔腳就往樓下跑，大家都知道他是擔心唐德，也一股腦地跟了下來。

這一路走下來情景可謂極慘，六樓整層樓被蒙面人打成了危樓不說，四五樓之間的樓梯也破敗不堪，在四樓，人們還撿到唐缺。胡泰來剛把他救醒，正扶著他四下慢慢走動，看是傷了哪裡。

唐聽雨滿面愁容，走到三樓，唐德已經被抱在床上，只是雙眼緊閉，唐聽風一手捂著小腹，另一隻手又是拍打又是掐人中，見弟弟進來，氣急敗壞問：「傷亡怎樣？」

王小軍道：「都傷了，所幸沒亡——老爺子這是怎麼了？」

唐聽風這會兒也顧不上給他臉色，道：「穴道沒被點，好像也沒什麼內傷，是被那人用重手法打昏了。」

唐家老小一起圍上來又喊又叫，唐德只是不醒。王小軍見老頭臉色一變一變，眼皮聳動，心下一動已知癥結所在，在唐德耳邊輕聲道：「老爺子起來吧，栽在那人手裡不丟人，綿月大師也被揍了。」

唐德霍然坐起道：「綿月大師沒事吧？」

綿月苦笑道：「多謝記掛，我還好。」

唐聽雨訥訥道：「父親，暗器譜……沒追回來。」

唐德嘆了口氣道：「我知道了。」他見這一屋子的傷兵敗將就猜到了，說完這句話，似乎不知道下面該做什麼好，下意識地就想躺回去，王小軍在他肋下一托，小聲道：「老爺子，你可不能再裝死了，你得主持大局啊。」

唐德狠狠瞪了王小軍一眼，問唐聽風：「看出對方的來路了嗎？」

唐聽風低頭道：「沒有，我只和他過了一招就……」

唐德問：「是誰先發現蒙面人的？」

唐思思道：「是我媽，她聽到樓上有動靜，就知道出事了。」

唐德對周佳點點頭道：「你做得很好。」

周佳這半天一直在擔心，要不是她出聲警告，唐聽風父子或許不會受傷，她本來還怕唐德遷怒在她身上，這時不禁大感意外。這也是她自嫁入唐門後，唐德第一次和顏悅色地和她說話。

唐德看看屋子裡的各人，忽然無盡蒼涼道：「好啊，對方一個人居然把我唐門上下連主帶客都打了一遍！」

王小軍受寵若驚道：「誒，您這是承認我們是唐門的客人了嗎？」

唐德看著綿月道：「大師，江湖上有這樣身手的人……不多吧？」

綿月若有所思地點點頭道：「不多。」

唐德目光灼灼道：「那他會是誰呢？」

眾人也都是一凜，老頭這話算說到重點上了，能打敗唐聽風不算什麼，王小軍陳覓覓畢竟是後起之秀，跟真正的頂尖高手還有一段距離，可此人能傷了綿月，那就驟然把範圍縮小到了極少的幾個人！

綿月面色平靜道：「那我就一一數來——先說六大派，我師兄有這樣的本事，武當派淨禪子也有這個本事。」說到這，他對陳覓覓道：「陳姑娘，咱們只是推理，並不是說誰有嫌疑，請你不要多心。」

陳覓覓道：「我懂。」

唐德道：「然後呢？」

綿月沉吟道：「然後……峨眉派並無高手、華山派的華濤修為也不夠，崆峒派的沙勝嘛，他走的確實是剛猛的路子，只是……」

唐德道：「只是怎樣？」

綿月索性道：「我直說了吧，我和沙勝交過手，他的功力比蒙面人要差不少。」

唐德眉頭緊皺道：「這麼說來，六大派裡只有兩位前輩高人有這個本事，一個是少林方丈，一個是武當掌門，以他們的身分居然來我唐門鬧事嗎？絕不會，我堅信這一點！」

這時唐缺道：「爺爺、大師，還有一個人你們怎麼沒算？」

唐德道：「是誰？」

唐缺道：「蒙面人武功極高，用的是掌，而且剛才我聽唐傲講述經過，此人對咱們這些人裡有一位可謂『關懷備至』，你們還想不出他是誰嗎？」

唐德道：「有話直說，別賣關子！」

王小軍幽幽道：「不用猜了，他說的應該是我爺爺。」

唐缺針鋒相對道：「沒錯，六大派裡鐵掌幫是頭一家，你爺爺又是武協主席，那蒙面人打誰都是一招，為什麼單單跟你過了好幾招？」

王小軍道：「嚴格說來，是兩招，我覺得這可以用『我武功比你們都高一點』來解釋。」

唐缺冷笑道：「你武功再高能有蒙面人高嗎？他想殺你一樣不用三招兩式。」

陳覓覓研判說：「蒙面人不傷小軍，是因為他並不想傷任何人，否則的話，在座的各位已經是屍體了。」

唐缺譏誚道：「不對吧，我怎麼發現凡是跟王小軍關係好的，都沒怎麼受傷？」

王小軍無奈道：「說你缺你還不服，那人要真是我爺爺，你說這種話，晚上走夜路的時候可要小心了！」

唐缺一縮脖子，因為他忽然發現王小軍說得對！

·第三章·

這是什麼情況？

王小軍指著自己道：「師姐，是我呀。」

那女弟子也看他面善，脫口道，「王小軍？」那女弟子不由分說撒腿就跑，邊跑邊高聲叫道：「王小軍回來了，王小軍回來了！」轉眼間就沒影了。

陳覓覓愕然道：「這是什麼情況？」

唐德越聽越不耐煩，厲聲喝道：「王小軍，你爺爺現在在哪兒？」

王小軍愕然道：「你也懷疑是我爺爺？」

唐德反問道：「除了你爺爺，誰還有這麼高的武功？」

聽了這句話，王小軍不知是該哭還是該笑，手一攤道：「說實話，我也不知道我爺爺在哪兒，但是我能保證蒙面人絕不是他。」

唐德道：「我們憑什麼相信你？」

王小軍坦承道：「我爺爺練功走火入魔，生活都不能自理了。」

眾人一聽面面相覷，都露出了不可置信的表情。

王小軍道：「各位不用假裝頭一回聽說了，這件事只怕早在江湖上傳得人盡皆知，我們鐵掌幫最近風雨飄搖，人人都想來欺負，不就是仗著我爺爺不在嘛。」

綿月雙手合十道：「阿彌陀佛，原來江湖傳言是真的。」顯然他也是考慮到這個，剛才才沒把王東來算進來。

唐缺質疑道：「大師也說是傳言了，這就說明誰也沒親眼看見那老頭到底怎麼樣。」

王小軍瞪眼駁斥：「我爺爺要是沒病，會讓你這種角色在鐵掌幫耀武揚威嗎？」

唐德道：「算了，王東來的脾氣我是知道的……」

鐵掌幫幫主練功走火入魔，這雖然算不上家醜，絕對算得上機密，現在王小軍當眾曝了出來，那多半不假。他面向綿月道：「大師，武林還有哪幾位世外高人能有這樣的本事？」

綿月苦笑道：「我們已是世外之人，再外可就外得沒邊了，況且既是世外高人，又怎麼會插手世俗的事？」

唐缺小心翼翼道：「爺爺，下一步我們該怎麼辦？」

「怎麼辦？」唐德捋了捋滿頭的短髮，沉聲道：「這人咱們既然惹不起，那就等著他來開條件好了，還能怎麼辦？」

唐缺道：「如果對方條件很苛刻呢？」

唐德一字一句道：「那大不了就周旋到底，魚死網破！」

王小軍自從見了唐德之後，只覺得這老頭不是在生氣就是在耍威風，既沒有前輩的胸懷，也沒有當家人的手腕，這時終於見識到他寧折不彎的一面，不由得有些佩服，不過這話終究是三分豪氣裡透著七分悲涼。

陳覓覓見狀道：「老爺子，您也別太悲觀了，任誰也不能隻手遮天。」

唐德點點頭，忽然站起道：「以我區區唐門，連累了這麼多武林同道，我唐德謹代表唐門向各位致歉，並表達謝意。」

王小軍嘿然道：「您的這『武林同道』裡有算上我嗎？」

唐德無奈道：「算。」

「不用客氣，這都是我們應該做的。」王小軍笑嘻嘻道。

唐德頹然地向唐聽風等人揮揮手：「你們該幹什麼就幹什麼去吧。」

眾人出了唐德的房門，唐聽雨就低頭在走廊裡到處尋找起來。

王小軍好奇道：「你找什麼呢？」

「我找……咦，找到了！」

唐聽雨在一個角落裡撿起一個手指粗細的鋼圈，臉上表情歡喜無限，那鋼圈就是他用來擊落唐聽風銀筷的暗器，這時已經微微變形。唐聽雨細心地捏了捏，又戴在了手上，原來當時情況危急，他一時來不及掏別的暗器，就用這枚婚戒解了圍。

唐聽風的銀筷被從尾部擊落，銀子質地極軟，那根銀筷被打得絲絲蜷曲，乍看就像朵銀花，王小軍撿起，遞到陳覓覓眼前道：「送你朵花。」

陳覓覓咋舌道：「好強的手勁！」唐聽雨平時唯唯諾諾貌不驚人，可從這手就能看出，他扔暗器手勁之強、認位之準，絕不輸唐聽風。

這時恰好唐缺從邊上經過，王小軍故意道：「看來唐家老二比老大功夫好是有傳統的。」

唐缺聽出他話裡是譏諷自己草包，翻個白眼加快腳步走了。

王小軍對唐聽雨道：「唐叔，給你提個小建議——你沒事把十個指頭都戴上戒指吧，下回就不用扔婚戒了。」

唐聽雨只是赧然一笑，看看唐思思，似乎是想搭話又不知道該說什麼，最終悻悻地獨自走開了。

陳覓覓低聲道：「我看唐聽雨不是什麼壞男人，我一直以為他武功不高，原來只是深藏不露，上次在西安他如果出手的話，咱們勢必多不少麻煩。」

這時唐傲徑直走到王小軍面前道：「還沒恭喜你。」

王小軍納悶道：「恭喜我什麼？」

唐傲不情願地說：「恭喜你打敗我。」

「呃……這有什麼可恭喜的？」

唐傲道：「恭喜你武功進步了，上一次見你的時候，你還不是我的對手。」

王小軍攤攤手：「幸好西安那次你不在。」

唐傲道：「不，我說的就是那次。」

王小軍詫異道：「我們搶婚的時候你在現場？」

唐傲道：「我就在樓上的玻璃後面看著你們。」

陳覓覓也驚訝道：「那你為什麼不出手？」

唐傲聳聳肩道：「因為那時的王小軍打不過我，還有可能因為思思是我妹妹。」

唐思思瞪大了眼睛道：「你是故意放的水？」

唐傲嗤道：「不然你真以為你偷走電話發短訊我發現不了嗎？」

胡泰來不解道：「既然你有心幫思思，為什麼還要把她抓走？」

唐傲道：「一個人的出身沒法選擇，這是我們共同的處境，我不去抓思思，自然有別的人會去，但是怎麼做我可以選擇；這就是我說讓思思回來跟爺爺說清楚，但是我從沒說過我同意她嫁給曾玉。」

唐思思感動道：「二哥……」她現在才明白唐傲的苦心，原來他一直在暗中幫助自己。

王小軍一驚一乍道：「那剛才的比武，你是不是也放水了？」

「當然沒有！」唐傲正色道：「我還沒偉大到那個地步，我挑戰你，是因為你侮辱了唐門，而且我重申一次，儘管你很強，如果你下次再敢對唐門不敬，我還會挑戰你！」

王小軍無奈說：「行行，衝你的面子我以後不說了。」

胡泰來跟唐傲握了握手道：「感謝你一直以來對思思的照顧，本來我打算找你拼命的，不過現在我想交你這個朋友。」

唐傲面無表情道：「別覺得唐門都是混蛋，再混蛋的人也有親情。」

王小軍不忘搞笑道：「聽說你的散花天女一顆就要十多萬，你剛才打我用了十顆，早知道把這一百萬給我多好！」

唐傲道：「製作工藝成熟以後沒那麼貴了，十顆差不多五十多萬吧。」

王小軍吐舌道：「那也可惜。」

唐傲灑脫地說：「沒關係，那些影針拔下來還能用，算起來又挽救了一大部分損失。」說著也是一笑。這座萬年冰山一笑就像春回大地，不過也就是一瞬間的事，很快他又恢復了冷若冰霜的樣子。

王小軍跟他握了握手道：「以後我們就是朋友了。」

唐傲點點頭道：「只要你不說唐門的壞話。」

王小軍道：「至於暗器譜，我們也會儘量幫你們找回來。」

唐傲道：「我說過，暗器譜對唐門而言只是一件信物，我始終相信人才是最重要的，只要世間還有唐門，我們就會創造出更好的暗器。」

說到這，唐傲大概是自己也被自己鼓舞到了，他不再理任何人，躊躇滿志地去了。

王小軍面露微笑道：「這樣的人才是唐門的脊梁。」他對唐傲並無惡感，總覺得他冷冰冰的面孔下藏著真性情，今天這種感覺更深了。

諸人散盡，只剩下四個小夥伴的時候，陳覓覓幽幽道：「下一步我們去哪兒？本來還想守株待兔，可是暗器譜也被搶走了。」

胡泰來心有餘悸道：「蒙面人武功之強，真是見所未見，聞所未聞啊！」

陳覓覓道：「說起這個，你們覺得蒙面人和昨天那個風衣人是一夥的嗎？」

王小軍想了想道：「我覺得是。」

陳覓覓道：「我也覺得是，但是我還有個強烈的感覺——那就是蒙面人出手是迫不得已的，在原計劃裡，本來沒有他的戲碼。」

王小軍道：「為什麼這麼說？」

陳覓覓分析道：「在原計劃裡，風衣人故意打草驚蛇，千面人順藤摸瓜，本來有八九分把握可以偷走暗器譜，是老胡壞了他們的好事，不過經此一役，暗器譜被唐德保管人盡皆知，風衣人他們的苦功也算沒有白費；最終蒙面人孤注一擲，親自出手搶走了暗器譜，而這一招原本不是他們的計畫，看起來像是將錯就錯。說句得罪人的話，暗器譜這個級別的東西根本不值得蒙面人這種高手親自動手，他只不過是順手為之罷了。」

王小軍頻頻點頭道：「我也有這種感覺，蒙面人武功如此之高，一出手就等於變相暴露，他本不該出手的！」

唐思思道：「你們說，蒙面人會不會就是幕後的老大？」

王小軍附和道：「這是一定的，這種人，錢請不來，面子也不好使，他又怎麼甘心受人驅使？所以一定是主謀。」

胡泰來道：「也就是說，蒙面人其實沒想過親自來搶暗器譜，他只不過是恰巧就在附近而已？」

王小軍皺眉道：「我越來越覺得這個人野心極大，而且有恃無恐，六大派裡，他已經對鐵掌幫和武當派下手了，說明他破釜沉舟，要完成一個驚天動地的大陰謀！」說到這，他忽道：「不好！」

眾人忙問：「怎麼了？」

王小軍道：「蒙面人身在四川，唐門還夠不上他的級別，那他的主要目標就是——」

其他三人異口同聲道：「峨眉！」

王小軍道：「沒錯，就是峨眉！」

胡泰來驚疑道：「武當派丟了真武劍，唐門丟了暗器譜，大家快想想，峨眉派有什麼寶貝可偷的？」

唐思思忽然一笑道：「峨眉派最大的寶貝，恐怕就是那個嬌滴滴的美女掌門了。」

胡泰來驚道：「你是說有人會綁架江輕霞？」

唐思思也嚇了一跳道：「說不定……」她本來想說「只不過是開玩笑」，不過這會兒倒是真擔心起來。

胡泰來道：「那我們要不要去峨眉看看？」

唐思思眼望王小軍打趣道：「當然要去，來了四川不上峨眉，以後某人

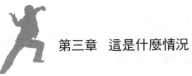

肯定要落埋怨。」

陳覓覓道：「事不宜遲，咱們這就上峨眉！」

王小軍忸怩道：「這麼突然？」

唐思思狐疑道：「你怕什麼？」

王小軍道：「我是怕你不好跟你媽交代，說好了吃完晚飯才走的。」

唐思思神色一黯：「我去跟她道別。」

周佳知道唐思思要走，也不再挽留，拉著唐思思的手一直從裡面送出來，唐聽雨落後了十來步跟在後面，一副訥訥的樣子。

唐思思紅著眼睛道：「媽，以後爺爺再苛待你，你隨時給我打電話，現在都什麼年代了，咱們女人不用看人臉色活著！」

周佳勉強一笑道：「我相信你爺爺不會了，他也不是壞人，只不過從小受的教育就是這樣，現在肯轉變已經難能可貴了。」

唐思思點點頭：「那我走了。」

周佳提醒她：「去跟你爸爸道個別吧。」

唐思思彆扭道：「您替我轉達就是了……」

周佳嘆道：「思思，你錯怪你爸爸了，他從前對你不假辭色，是因為在唐門無法給你更好的生活，其實除了地位不高，你的大小姐日子還不都是你爸爸爭取來的？加上他不善表達，給你造成了誤解，可爸爸終究是爸爸，如果需要他為你拼命，他眼睛都不會眨一下。」

唐思思終於忍不住流下淚來，她被挾持時，唐聽雨的所作所為她是親眼看在眼裡的，的確是為她拼命在所不惜，這些年來，唐思思一直覺得父親懦弱無能，沒有盡到做丈夫和父親的責任，經過今天的事她終於明白，這世上沒有不愛子女的父母。

她大步走過去撲在唐聽雨的懷裡，哽咽道：「爸，你保重。」

唐聽雨手足無措，竟呆在那裡。良久才遲鈍地在唐思思肩膀上拍了拍。

王小軍把一隻胳膊掛在陳覓覓身上，感慨道：「所以說女兒不但要富養，還得寵著，不然見的世面再多，也會被那種會甜言蜜語的窮小子勾走。」

胡泰來立即扭頭看向王小軍，王小軍道：「我沒說你，你雖然是窮小子，可你不會甜言蜜語。」

胡泰來：「……」

這時唐德背著手走了出來，王小軍喃喃道：「哎喲，咱們規格真夠高的啊。」朗聲喊道：「老爺子，我們當不起你送啊。」

唐德瞪眼道：「我是來送我孫女！」

唐思思不自在道：「爺爺……您回去吧。」

唐德眼神躲閃，支吾道：「以前讓你嫁給曾玉，也不是為了貪圖他家那點錢，是想著你嫁誰不是嫁，找個有錢的何樂而不為，說白了是沒太拿你當人……」說到這兒，老頭忽然有點尷尬，沒頭沒腦道：「以後……你想嫁誰就嫁誰吧。」

陳覓覓忍俊不禁道：「老頭這就算變相道歉了吧？轉變有點大呀。」

唐德這輩子順風順水，直到今天突遭劇變，先是唐傲比武輸給王小軍，然後又丟了暗器譜，老頭心裡的震撼和失魂落魄可沒有表面上看來那麼輕鬆，不過畢竟是這把年紀的人了，也就看開了，頓悟什麼功名利祿、榮辱起伏都是假的，只有家人的陪伴才是真的，因而對唐思思的婚事終於鬆了口。

唐思思訥訥道：「爺爺，我求您一件事。」

唐德揮揮手道：「行了行了我知道了，以後不會難為你媽了。」

「謝謝爺爺……」

王小軍道：「孫女也送過了，那我們就走了。」

唐德不理他，對一邊的大太保道：「以後這幾個人再來唐門，你就開門放他們進來，省得讓人看笑話。」

「是，老祖宗。」大太保小聲喃喃道：「反正不給他開門，他也會自己進來的。」

王小軍有句話實在是不吐不快，腆著臉道：「老爺子，我能再提個要求嗎？」

胡泰來緊張起來，卻聽王小軍道：「唐家堡反正也被蒙面人破壞得夠糟了，你乾脆整個砸了，多安點落地窗，把它改成獨棟大別墅，別搞得像是幽靈古堡似的……」

唐德跳腳道：「你趕緊走！」

這時周佳快步走到胡泰來面前道：「泰來，你一定要照顧好思思啊。」

胡泰來吃了一驚，下意識道：「我會的。」

王小軍玩味道：「阿姨……你看出來了？」

周佳笑道：「這有什麼看不出來的，思思被蒙面人抓住以後，除了她父親，還有一個男人在不停為她拼命，他的心思我還能不明白嗎？」

胡泰來和唐思思的臉上都是一紅，王小軍揮手道：「大家別送了，都回去吧。」

在去取車的路上，陳覓覓低聲道：「我還以為你要讓唐德答應把思思嫁給老胡呢。」

王小軍笑嘻嘻道：「思思不嫁曾玉，是因為事先沒人徵詢她的意見，我要真這麼幹了，肯定會引起她的反感，我可不像老胡情商那麼低。」

拿到車，王小軍自覺地坐上了駕駛座。

唐思思道：「咱們要不要給輕霞姐先打個電話通知一聲？」

胡泰來道：「還是不要了吧，她以掌門人之尊，知道咱們要來，是接還是不接呢？不接顯得不近人情，接的話……咱們又當不起，再給人說閒話。」

王小軍笑道：「老胡就是這樣，滿腦子條條框框。」

陳覓覓奇道：「你們好像跟江輕霞很熟的樣子。」

胡泰來正色道：「峨眉派對我可謂有救命之恩。」

王小軍開車進了峨眉山腳下的小鎮，忽然沒來由地一陣慌張，支吾道：「覓覓，有件事我得先告訴你，上次我上峨眉，曾拜江輕霞為師，那段時間我們一直師徒相稱……」

「這事你已經跟我說過了，怎麼了？」陳覓覓納悶道。

王小軍不自然道：「總之，我和她之間有點尷尬。」

陳覓覓不以為意地說：「這有什麼好尷尬的，你拜她為師是為了給老胡解毒，況且她後來不是把你開革出峨眉派了嗎？」

王小軍悻悻道：「就是先跟你說一聲。」

眾人把車放在鎮上，不約而同地四下張望，原來他們都想起上次在山腳下碰見郭雀兒的事，嘴角掛起了微笑。

按照記憶，王小軍帶路順著山間小徑緣山而上，半個多小時後終於到了寫著「峨眉派」的石碑前。

陳覓覓奇道：「峨眉派居然在這裡，沒人領路還真不好找。」

幾個人來到空闊地，就是上次冬卿她們考試的地方，王小軍剛要繼續往山上走，一名女弟子忽然蹦出來道：「什麼人？」

王小軍見她依稀眼熟，指著自己的鼻子道：「師姐，是我呀。」

「你？」那女弟子也看他面善，脫口道，「王小軍？」

王小軍笑道：「是我。」

那女弟子不由分說撒腿就跑，邊跑邊高聲叫道：「王小軍回來了，王小軍回來了！」轉眼間就沒影了。

陳覓覓愕然道：「這是什麼情況？」

唐思思也掩口笑道：「怎麼搞得跟日本鬼子進村似的？」

王小軍也頗為鬱悶，他本以為再次見面，大家都該十分親熱才是，沒想到那女弟子一驚一乍，活像見了鬼。

也就片刻之間，山上的女弟子們三五成群地出現了，她們一律身穿黑衣黑裙，背背雙劍，眾人慢慢聚集在空地上，卻是誰也不過來搭話，而是面無表情地看著王小軍，沉默之中透著氣象森嚴。

陳覓覓讚道：「好壯觀！」

王小軍心虛道：「別光顧壯觀，她們怎麼像要跟咱們打架似的？」他小聲問胡泰來和唐思思：「以前在山上我除了搶人早點，沒幹別的壞事吧？」

唐思思嘻嘻笑道：「那我可不知道了。」

就在這時，有幾個身影飛快地奔跑過來，當先一個姑娘七分嬌俏中帶著三分潑辣，一邊跑一邊興奮道：「師兄，是你回來了嗎？」正是當初和王小軍一批拜師、吵架天下無人能敵的唐睿。

王小軍笑道：「終於來了親友團了。」高聲道：「師兄來看你們來了。」

唐睿欣喜無限道：「我們也經常想你呢。」她語速飛快道，「胡大哥好，思思姐好。」她不認識陳覓覓，但也點了點頭。

王小軍拍拍她的頭道：「師妹你好啊，才不到兩個月沒見，又長高了不少。」他把唐睿拉在一邊，小聲道：「問你個事兒——」一指對面道：「這些師姐們是怎麼了，怎麼一個個怒目橫眉的？」

不等唐睿說話，一個聲音脆生生道：「嘻嘻，沒什麼，就是為了嚇你一跳。」一個長腿姑娘越眾而出，面帶笑意。正是峨眉四姐妹中的郭雀兒。

王小軍拍著胸脯道：「四叔，你又調皮。」暗暗地鬆了口氣，剛才那架勢還真把他唬得不輕，以為峨眉派中出了什麼變故。

這時那些女弟子們才一起哄笑起來，一個個過來和王小軍打招呼，也有跟唐思思和胡泰來敘舊的，一時鶯聲燕語，看得陳覓覓直發愣。

王小軍問郭雀兒：「四叔，其他人呢？」

郭雀兒笑盈盈道：「什麼其他人，你問的是哪一個呀？」

王小軍腆著臉道：「那我就先問問我師父她老人家還安好？」

郭雀兒笑道：「我就知道你偏心，最想的就是她。」

胡泰來道：「咱們還是快去大殿跟江掌門會面吧。」

郭雀兒道：「她已經來了呀。」

這時，眾弟子分開兩邊，一個妙曼的身姿信步走來，她人未到，聲先到：「王小軍，你這次來峨眉又不跟我說！」

江輕霞出現在眾人之前，雙手十指在背後交叉，語氣跟她與王小軍初見時一樣的薄嗔微惱，一樣的搖曳生姿。

陳覓覓不禁道：「好漂亮的掌門！」

王小軍嘻皮笑臉地說：「胡掌門不讓我提前告訴你。」

「胡掌門？」江輕霞微一怔後馬上恍然，嫣然一笑道，「恭喜胡大哥升任掌門，可是這又是什麼道理呀？」

胡泰來窘迫道：「呃……」

唐思思替他說了：「告訴你，接我們怕人說閒話，不接我們怕你為難。」

江輕霞咯咯而笑道：「胡大哥還是那麼多心，迎接自己的朋友怕什麼閒話？」她一雙妙目在王小軍臉上一掃道：「你最近過得怎麼樣啊？」

王小軍一頓，道：「還好……還好……」

他平時油嘴滑舌，這時竟不知該怎麼稱呼江輕霞了，「師父」這個笑話可以跟郭雀兒開，可是當著江輕霞不能再提；叫江掌門太死板，叫輕霞又太親熱，倒是令他不知如何是好。

江輕霞輕嗔道：「經月不見，王少俠好像跟我們生疏了呢。」她的目光忽然轉移到陳覓覓身上，「怎麼沒人給我介紹這個漂亮妹妹呀？」

王小軍道：「這是我女朋友。」

江輕霞瞬間愕然，隨即恢復神色道：「好快的速度呀，上次你來峨眉還沒聽說……」

王小軍道：「這還得托你的福，這個漂亮妹妹的正式身分是武當派小聖女，她叫陳覓覓。」

江輕霞嘿然道：「哎喲，真是好心生禍患，我讓你上武當是要你去辦正事，沒想到你趁機把人家的小聖女都給拐出來啦！」

陳覓覓微微納罕，作為一派掌門，說這種話可就有失莊重了。

唐思思小聲道：「這位峨眉掌門說話就是這個風格，你別往心裡去。」

王小軍也覺有些尷尬，見冬卿在一邊，於是岔開話題道：「冬卿姐，你的傷好些了嗎？」

冬卿微笑道：「快好了。」

王小軍左右張望道：「敏姐呢？」峨眉四姐妹中唯獨不見韓敏。

冬卿故作隨意道：「哦，她有事外出了。」

江輕霞道：「咱們先去大殿敘話吧。」

眾人一起往山上走，峨眉山熊峻險秀，路邊屋舍就建在懸崖峭壁上，跟武當的帝王氣象大異其趣，看得陳覓覓咋舌不已，王小軍充當導遊，告訴她哪是孔雀臺、哪是鳳凰臺、自己以前的宿舍在哪兒，江輕霞笑盈盈地聽著，有時候跟唐思思和胡泰來聊幾句。

·第四章·

易容術

楚中石急眼道：「我的易容術天下無雙，這你是親眼見到的吧？」

王小軍忽然一怔，「我問你，你的易容術是只能化裝自己，還是在別人臉上也能化？」

楚中石嗤道：「這話說的，在自己臉上能化，在別人臉上也能化。」

到了大殿裡面，那極具現代主義特色的蘇活風格更是讓陳覓覓大開眼界，陳覓覓這才重新審視了江輕霞，這個美女掌門雖然說話跳脫了一點，但胸中若沒有溝壑，絕不能把峨眉派發展成如此規模。

眾人落座，郭雀兒迫不及待道：「小軍，你快說說你上了武當以後的事，當然，重點要講你是怎麼把這位陳姑娘勾搭到手的？」

「這就說來話長了。」王小軍先賣個關子，然後把自己和唐思思胡泰來怎麼上武當、怎麼誤撞苦孩兒、怎麼結識了陳覓覓以及真武劍丟失、陳覓覓差點蒙冤的事都講了一遍。

郭雀兒以手捧心道：「好浪漫，居然是有婚約在前、戀愛在後。」

唐思思咬牙道：「那也得看是跟誰，一會兒我給你講講我逃婚的事。」

江輕霞馬上道：「我剛才不好意思問你，你說的是西安那次吧？你唐家大小姐的名字現在在江湖上也響噹噹了。」

冬卿無語道：「這裡只有我關注真武劍被偷的事嗎……」

江輕霞嘿嘿道：「事情總得一件一件說嘛，後來呢？」

王小軍攤手道：「沒有後來啦，真武劍至今下落不明，而且——你們知道我們這次來是為了什麼事嗎？」

郭雀兒驚道：「難道不是為了看我們？」

王小軍咳嗽一聲道：「當然這也是一個目的。」

郭雀兒撇嘴道：「一聽就是假話。」

王小軍自動忽略道：「我們先是在唐門住了兩天，結果眼睜睜地看著唐門的暗器譜也丟了，上次夜襲峨眉的那位楚中石老兄，你們還記得吧，他是神盜門的人，他的任務是偷到我們鐵掌幫的秘笈，大家想想看，鐵掌幫、我先後到的武當和唐門都出了事，大家得出什麼結論沒有？」

郭雀兒首先道：「你是個喪門星？」

冬卿目光灼灼道：「有人針對各個武林門派，專偷其鎮派之寶，肯定是為了便於要脅，也不知有什麼陰謀！」

王小軍打個響指：「還是冬卿姐靠譜！所以我想問問，咱們峨眉派沒丟什麼寶貝吧？」

冬卿和郭雀兒面面相覷，隨後又一起搖頭，看來峨眉派歷代祖師都是聰明人，沒給後人留下值得投鼠忌器的東西。

江輕霞接口道：「所以你這次上峨眉，是想看看我們是否安好？」

王小軍嘆道：「對方的幕後主使武功極高，我是給你們提個醒。」

他又簡略把唐家堡的事講了一遍，平時讓他吹牛簡直就是口若懸河，可講述唐家堡的事時，他只有乾巴巴的敘述，無非就是「他一掌把唐缺給拍倒了」「他一掌把唐傲給拍倒了」，因為是真的沒有別的話可說，對方確實是拍誰都是一掌。

郭雀兒猜測道：「會不會是余巴川搞的鬼？武林裡的亂子十有八九都跟他有關。」

王小軍搖頭道：「余巴川跟蒙面人一比，簡直就是小孩子。」

江輕霞這才明白王小軍這次來確實是擔心峨眉派和自己等人的安危，正色道：「我們峨眉派一來沒有寶貝可偷，二來也沒做虧心事怕人威脅，你有這份心就行了——」

說到這，她忽然眼波流轉道：「有件事我倒是要問問你們幾個，前些日子有個叫金信石的人，主動找上門來說要給我們投資，這件事又是誰搞的鬼呢？」

「他！」眾人一起指著胡泰來道。

胡泰來忙擺手道：「怎麼是我呢？明明是咱們大家一起幹的。」

江輕霞笑道：「人家金先生說得明白，是幾個年輕人感動了他，所以他才同意投資的，至於你們的名字，一個也沒跑，都被提到了。」

王小軍問：「說到底，錢究竟到位沒有？」

「合同已經簽了，都開始畫設計圖了。」江輕霞打量著幾個人道：「這塊地一出手，峨眉派從此以後都不用在錢上發愁了，可是有些人做了這麼大的事，連電話都不打一個，害得我還以為是余巴川設下的圈套，你們說，這事兒我該怪誰呢？」

冬卿好奇問：「你們是怎麼和金信石接觸上的？」

王小軍只好把胡泰來回黑虎門的事情講了一遍。

冬卿感慨道：「堂堂的崆峒派，居然幹起這種下三濫的勾當。」

郭雀兒則羨慕道：「你們的經歷真夠豐富的。」

江輕霞開玩笑說：「胡掌門陰差陽錯救了金信石的命，我們峨眉派跟著雞犬升天。」她忽然站起來，認真地道：「胡大哥，我代表峨眉派謝謝你！」

胡泰來局促地一個勁兒擺手：「人也不是我一個人救的，大家出力都比我多，而且峨眉對我有救命之恩，這個謝字該是我說才對。」

冬卿忽道：「有一點我不明白，金信石要替你們完成心願，你們怎麼忽然想起峨眉派來了？」

王小軍一拍大腿道：「嗨，說了半天，這事兒的主謀是誰你們還沒搞清——思思以前有個未婚夫你們都知道吧，家裡很有錢那個，思思知道峨眉派在錢上遇到了問題，就給那個男的提條件，說他只要給峨眉派投資，她就和他交往，結果那男的嘴上答應，卻不掏錢，還差點把思思娶了，哼，我現在想起來還很窩火，下次見了他非好好教訓他不可。」

江輕霞等人驚道：「竟有這事？」

王小軍又道：「上回楚中石被你們困在山上，思思說要託他給人帶個口信，說的就是這個。」

江輕霞動容地拉住唐思思的手道：「思思，你傻不傻啊？」

唐思思一笑道：「那時候確實滿傻的。」

冬卿良久無語，最終道：「我還說這件事上峨眉派賣了唐大小姐一個面子，原來是我們欠了她一個天大的人情。」

唐思思趕忙道：「沒有，反正他最後也沒給錢。」

冬卿道：「那也是人情，況且我們得到這筆投資還是因為你。」

郭雀兒支著下巴，若有所思道：「所以胡大哥讓金先生完成的，其實是思思的心願？」

江輕霞和冬卿一開始渾然不覺，這時不禁都玩味地看著胡泰來和唐思思，眼中閃著精光。

王小軍眨眨眼道：「你看，有些事就是不能說得太明白，一揭底子就露出來了。」

江輕霞曖昧道：「原來如此。」

胡泰來雖然滿臉通紅，卻迎著眾人的目光道：「我很喜歡思思，不希望她被和別人的約定綁定自由，所以你們也不用謝我。」

王小軍總結道：「嗯，割了一天的麥子，收成也是自己的。」

唐思思無語地翻了個白眼。

王小軍又道：「哦對，暫時還沒收成，因為思思還沒同意。」

郭雀兒立馬道：「那我祝胡大哥馬到功成。」

唐思思抗議：「喂，大家都是朋友，你這偏心也偏得太嚴重了吧？」

說著話到了晚飯時間，江輕霞帶著眾人前往食堂，一路上，女弟子們都來跟王小軍他們搭話，好不熱鬧。

到了雅間，江輕霞舊事重提，她說：「商場建成以後，我會給大家乾股和分紅，希望大家笑納。」她特意道，「陳姑娘，你也有份。」

陳覓覓道：「啊？我不要。」

王小軍假意板著臉道：「以咱們的關係，提錢多俗啊，這是老胡對峨眉的一點心意，你非得算得這麼清楚？」

江輕霞正色道：「一碼是一碼，就算找仲介也是要給仲介費的。」

江輕霞揭過這篇，看著陳覓覓道：「算起來，我們的師父要是活著，跟武當淨禪子道長是同輩，陳姑娘是他師妹，比我們都長了一輩。你請上座吧。」

陳覓覓忙道：「大家不用客氣，叫我覓覓就行，輩分這東西都是給外人看的，咱們之間就不要多此一舉了。」

王小軍也幫腔道：「覓覓不講這個的。」

江輕霞聽了道：「那我們就不客氣了——」她咯咯一笑，「其實我們這裡也沒什麼上座。」她說的也是實話，峨眉四姐妹平時吃飯雖然各自座位是固定的，不過是不分尊卑的。

陳覓覓點點頭，她從來到峨眉派就喜歡上了這裡，這裡氣氛融洽，人人平等，更顯得武當派暮氣沉沉。

這時有個人探頭進來問：「聽說思思回來了？」正是後廚的吳姐。

唐思思一見吳姐蹦了起來，兩個人拉著手又跳又叫，然後抱在一起。看得王小軍小聲對胡泰來道：「什麼時候思思跟你也來這一套，你就差不多要成了。」

唐思思和吳姐一人拉了把凳子就開始聊了起來，唐思思把她下山以後的遭遇講了一遍，吳姐跟著感慨不已。她們倆這一聊不要緊，在座的人可就都吃不上飯了，江輕霞又不好意思催促吳姐……

唐思思突見桌上的人都眼巴巴地看著她們兩個，不禁笑道：「咱們一會兒再聊，你們掌門還餓著呢。」

吳姐大大咧咧道：「我都把這事兒忘了，那我先去做飯。」

唐思思道：「我跟你一起去。」

吳姐按住她道：「哪有讓客人動手的道理，你坐著，我一會兒就好。」

吳姐走後，江輕霞吐舌道：「謝天謝地，我們終於有飯吃了。」眾人會心一笑。

開飯之後，王小軍又詢問了一些他們走後峨眉派的事，他主要還是疑心蒙面人要對峨眉有所不利，得知一切如常後，不禁喃喃道：「難道是我們多心了？」

陳覓覓道：「也許是蒙面人還沒來得及出手，你別忘了，他今天才離開唐門。」

王小軍點頭道：「有道理。」

郭雀兒道：「我倒想知道你們說的這個人準備怎麼對付我們峨眉？」

「必然是衝著軟肋下手——」他問江輕霞，「峨眉有什麼軟肋嗎？」

唐思思搖頭道：「看這話問的，輕霞姐你啐他一口。」

不料江輕霞卻認了真，問冬卿和郭雀兒：「咱們峨眉的軟肋是什麼？」

冬卿回道：「我很好奇這個蒙面人到底想幹什麼，若說他想像余巴川一樣進入武協，甚至是當常委，以他的武功想必也不難。」

王小軍用那種大老板安排工作的口氣道：「咱們是不是把眼界放寬一點，跳出武協的局限？」

這時，一個女弟子推開門道：「掌門，二師叔回來了。」

江輕霞問：「她的事辦得怎麼樣了？」

那弟子道：「這個她沒說，之所以讓我先來彙報，是因為她還帶著一個客人，她知道王小軍師兄他們來了，不知道掌門方不方便會面？」

江輕霞道：「客人是誰？」

那弟子回道：「就是給咱們設計大廈圖紙的總工程師。」

王小軍趕忙道：「方便方便，這是正經事，不用理會我們這些打醬油的。」

江輕霞想了想：「他們也沒吃飯吧，就讓他們來這裡見面吧。」

那弟子應了一聲出去了。

王小軍道：「原來敏姐是去陪工程師了。」隨即好奇道：「敏姐也不是學設計的，為什麼負責起這塊來了？」

江輕霞卻嘆了口氣，王小軍看出她心情不快，追問道：「怎麼了？」

郭雀兒解釋道：「還不是青城派又搞事，以前但凡有人來跟我們談投資，他們就明裡暗裡的下絆子，這次塵埃落定了，他們乾脆派人恐嚇人家投資方的人，說只要敢留在四川，小心性命不保，這些日子二師姐只好當起保鏢，陪著這位工程師。」

王小軍聽了道：「你們怎麼不早說？」

江輕霞搖著頭道：「你們幫我拉投資已經費盡了心，這種事怎麼好再讓你們勞神。」

王小軍反駁道：「你還是沒拿我們當自己人，當保鏢我們專業啊，是吧老胡？」

胡泰來笑道：「沒錯。」

說著話，韓敏領著一個人走了進來，兩個人都是風塵僕僕，韓敏更是滿臉疲憊之色，她和眾人打過招呼，特地跟王小軍說：「小軍，這麼快又見面了。」

王小軍心疼道：「敏姐，你可要『保重』啊。」才兩個月沒見，韓敏顯見瘦了十幾斤，估計是這幾陣子操勞的。

韓敏苦笑一聲，轉身介紹身後那人道：「這位是張總工程師。」

這位總工程師三十出頭的年紀，斯文中透著幾分知識分子的執拗，一看就是學霸出身。

江輕霞主動伸手道：「張總幸會。」

「別叫我張總，叫我張工。」張工一臉嚴肅樣，自打進門就沒露過笑臉。

韓敏小聲道：「這些天受了不少騷擾，張工有些窩火。」

江輕霞討好道：「對不住得很，把你給牽連進來了。」

張工卻不買帳，板著臉道：「你們也知道把我牽連進來了，我就納悶了，本來是樁正當生意，怎麼鬧得這麼複雜？你們到底是些什麼人？」

郭雀兒緩頰道：「這是我們掌門，你別生氣呀，有話慢慢說。」

沒想到「掌門」這兩個字愈發觸動了張工敏感的神經，滿臉嫌棄道：「我說話直，就有什麼說什麼了，我只是個工程師，可不想為了幹活跟黑社會攪在一起，金先生也是正經商人，要是讓他知道現在這種情況，投資的事他會重新考慮。」

郭雀兒不滿道：「你說誰是黑社會？」

江輕霞示意她冷靜，陪笑道：「張工，你誤會了，我們不是你說的那樣，我們只是一個武林門派而已。」

張工聽了道：「武林？門派？你們出去砍人前拜不拜關公、貼不貼護身符啊？」

唐思思忍不住道：「你說話注意點，你只是個工程師，錢又不是你投的，這活兒你能幹就幹，不能幹我們找別人，全國就你一個工程師了是吧？」

張工冷聲道：「那你們換人好了，全國是不止我一個工程師，但我可以負責地說一句，我是最好的，而且在業內也算有點名聲，我看我不幹了的活兒誰還願意接！」

王小軍愕然道：「我看你才是黑社會吧？」

韓敏安撫道：「都別激動，張工這幾天確實受了點刺激，發脾氣我可以理解。」她又對張工道：「張工，關於武林和門派跟你多說你也不會明白，不過，你把我們當黑社會是真的把我們瞧得低了，我也可以負責任地說，即使是騷擾你的那些人也不是黑社會。」

張工揚手道：「我不管你們是誰，再有這樣的事發生，你們就另請高明吧，我不幹了！」

眼看僵持不下，韓敏打圓場道：「張工還沒吃飯，冬卿，你去安排一下吧。」

張工不悅道：「吃什麼飯，先把話說清楚，你們到底打算怎麼辦？」

韓敏果斷地說：「這樣，你給我們三天時間，我們一定幫你把後顧之憂解決了。」

「這可是你說的啊。」張工這才跟著冬卿出去了。

王小軍看著張工的背影道：「脾氣還挺大嘛。」

韓敏無奈道：「有本事的人都這樣，再說也怪不著人家，本來是單純幹活，現在牽扯出亂七八糟一大堆的破事，誰願意設計個圖紙還冒著生命危險呀？」

王小軍不解地問：「青城派的人都幹什麼了？」

韓敏道：「開始是在張工車上貼紙條，住的地方噴油漆，後來明目張膽地恐嚇，總之都是些下三濫的手段。」

王小軍又問：「你確定是青城派的人幹的嗎？」

韓敏點頭：「確定，有幾次我和他們打了照面，還交了手，就是青城派的功夫。」

王小軍不平地道：「那還有什麼好說的，直接開幹唄，余巴川武功雖高，但咱們人多呀！」

韓敏搖頭道：「青城派的人這次並不想和我們正面決戰，我和他們碰到的幾次，對方都是一觸就走，然後繼續陰魂不散地纏著張工。」

江輕霞咬牙道：「看來他們是打定主意讓別人不敢跟咱們合作了。」

「這樣吧，從明天開始換我們保護張工。」王小軍乾脆攬下這個活兒。

韓敏嘆道：「你怎麼還不明白，張工需要的不是保護，他需要的是安全感，青城派的人不需要武功多高，甚至不需要會武功，只要他們繼續糾纏張工，這筆投資八成就要泡湯了！」

唐思思皺眉道：「那怎麼辦？」

韓敏道：「想要一勞永逸地解決問題，只有讓青城派的人死了心，絕了念。」

王小軍攤手道：「這可難了，青城派的人都是屬滾刀肉的，沒廉恥無底線。」

江輕霞無奈道：「這就是搞破壞比搞建設簡單的道理，百層高樓建起來費盡艱辛，讓它倒下卻只要一顆炸彈，挖空心思做的衣服，只要一剪子就成了廢布。」她對韓敏道，「敏姐這些天辛苦了，先吃飯吧。」

席間王小軍又把陳覓覓介紹給韓敏認識，一併簡單說了自己的經歷，眾人終究是被張工的事搞得心事重重，氣氛再也沒能活躍起來。

王小軍嘆氣道：「看來不用蒙面人出手，光青城派就夠咱們頭疼的了。」他忽然道：「要不這樣，讓張工先去外地設計他的圖紙。」

韓敏否決道：「這不是辦法，圖紙設計好了總得施工吧？到時候那麼大的工地放在那兒，人家更容易下手了，再往後說，商場建成了目標就更大了。」

王小軍使勁抓著頭：「可愁死我了。」

江輕霞瞟了他一眼道：「你吃你的飯吧，我們自己會想辦法。」

陳覓覓忽道：「這種事武協不管嗎？」

韓敏道：「首先，青城派不是武協會員，武協的條令對他沒有約束力，如果武協出面強行制止，就有仗勢欺人的嫌疑；其次，余巴川的實力並不輸於六大派，除了鐵掌幫和峨眉派，其他四派也沒人願意攪這渾水；最後，我們峨眉作為六大派之一，也不想在這種事上求助武協。說到底，武協只是一個自願加入的組織，它的紀律只是用來規範會員行為的，人在江湖，最終靠的還是自己的實力。」

王小軍恨恨道：「什麼破組織，還是退出算了！那民武部呢，有事找警察總行了吧？」

江輕霞道：「警方講的是證據，余巴川只要推說自己不知，這事就無解，大不了抓他幾個不入流的門人。」

王小軍懊惱道：「媽的，還有好人走的道嗎？」

這時，先前那個女弟子又走進來道：「掌門，山下有客求見，說是要找王小軍師兄。」

江輕霞笑道：「小軍現在還是大忙人啊，才剛到峨眉半天就有人尋上門來了。」

王小軍好奇道：「是誰找我？」

胡泰來等人也十分納悶，王小軍在四川並沒什麼朋友啊。

那女弟子表情古怪道：「這人以前也來過我們峨眉，他說他叫楚中石。」

「嗯？」在場的人面面相覷，楚中石以前夜探峨眉，被韓敏和郭雀兒嚇破了膽，這次居然自己又找上門來。

王小軍氣不打一處來道：「好啊，他還敢主動找我！」

那女弟子道：「那……掌門見是不見呢？」

江輕霞笑道：「這就要看你王小軍師兄的意思了。」

王小軍大聲道：「見！為什麼不見，揍他一頓出出氣也是好的。」

「好。」那女弟子掏出手機發出訊息，「門口的姐妹們，掌門說了，讓他進來。」

不多時，楚中石在兩名女弟子的帶領下走了進來，這次他倒是規規矩矩，雙手垂在身側，眼睛也不敢隨便抬一下，樣子活像個老學究，眾人無不好笑。

王小軍不等他站穩就喝道：「楚中石，你們神盜門最近做的好事，你是不是找我自首來了？」

楚中石茫然抬頭道：「自首？自什麼首？」

王小軍喝問道：「別說這兩天你們在唐門的行動你不知道！」

楚中石依舊雲裡霧裡：「他們去唐門了嗎？我是真不知道。」

王小軍無奈道：「那你找我什麼事？」

楚中石可憐巴巴地說：「還是咱倆之間的事——你什麼時候把剩下的掌法給我呀？」

「咱們不是有約在先嗎？我什麼時候用得著你了再說，千面人你幫我找到了嗎？」王小軍質問。

楚中石攤手道：「千面人一時不好找，上面催得又急，你就隨便找點事讓我做，咱倆交換唄。」

王小軍脫口道：「你下山給我買瓶可樂，我再教你兩掌怎麼樣？」

楚中石興奮地說：「就這麼說定了。」

「想得美！給你兩掌差不多！」王小軍氣咻咻道：「哪有做賊做得像你這麼理直氣壯的，居然倒追著失主要東西？」

楚中石嘿然道：「攤上你這樣的失主也是我倒楣，這都兩個多月了，我就耗在你一個人身上，我的業績算完了，你總得讓我有口飯吃吧？」

眾人無不失笑，就像王小軍說的，小偷倒追著失主要東西的還真是頭回見，也算是曠古絕今了。

陳覓覓小聲對王小軍道：「小軍，楚中石在這時候找你，說不定有什麼蹊蹺。」

王小軍不動聲色問楚中石：「你怎麼突然想起我來了？」

楚中石道：「就在剛才主顧又催我進展了，我也是實在沒辦法。」

王小軍心念一動，楚中石的主顧為什麼在這個節骨眼上又催他進展？如果他的主顧是蒙面人的話，那就說得通了——蒙面人下午才和王小軍動手，打別人都是一掌，跟王小軍卻對了兩招，而且單以招式論，他還吃了點小虧，一定無比希望得到這套掌法！

楚中石又道：「我知道你其實也不在乎把掌法圖給別人看，所以我乾脆找你來了——你就當行行好；要不這樣，你先把掌法圖都給我，就當我欠你的人情，以後你有需要楚某幫忙，我一定在所不辭。你放心，我們雖然是賊，但是最講信用。」

王小軍笑嘻嘻道：「我是正人君子，用不著小偷幫忙。」

楚中石急眼道：「誰說我只會偷？我的輕功也……呃……」說到這，他發現郭雀兒正笑咪咪地看著他，急忙改口道：「我的易容術天下無雙，這你是親眼見到的吧？」

這點王小軍倒是沒意見，隨口道：「易容術這種東西我也用不……誒？」他忽然一怔，猛然道：「看你可憐我就給你一個機會，我問你，你的易容術是只能化自己，還是在別人臉上也能化？」

楚中石嗤道：「聽這話說的，在自己臉上能化，在別人臉上也能化。」

王小軍道：「好，那你就把我化成別人！」

楚中石小心翼翼地問：「你想化成誰？」

「你跟我來。」王小軍把他領到隔壁包間門口，張工正在冬卿的陪同下吃飯，王小軍透過門縫對他道：「看見那個男的沒，你就把我化裝成他的樣子。」

楚中石趴在門縫上仔細端詳，兩隻手在空中不停虛捏，似乎是在捏面具。

「你先看著，一會兒回來找我。」王小軍把他留在那，自己回到剛才的屋子。一進來就發現眾人都在看他，不禁道：「怎麼了？」

郭雀兒道：「你到底想讓楚中石把你化妝成誰？」

王小軍高深莫測地道：「聽說過披著羊皮的狼嗎？」

韓敏驚道：「你是想扮成張工的樣子？」

王小軍點頭道：「沒錯，保護一個人最好的辦法不是陪著他，而是變成他，很多大獨裁者都有自己的替身，就是這個道理。」

江輕霞嫣然道：「還是你鬼主意多。」其實在座的十有八九都猜出了王小軍的用意，只是在見到楚中石後第一時間就想到這個辦法的卻只有他。

郭雀兒道：「你扮成張工的樣子能幹什麼呢？」

王小軍道：「誰來騷擾我我就打誰，打到他們不敢再來為止！」

韓敏憂心道：「這樣或許能解一時燃眉之急，可是以後怎麼辦？況且，這麼幹終究是有危險的。」

王小軍勸道：「敏姐，眼下就走一步算一步吧，至於說危險，我這兩個月又學了不少新鮮東西，遇上余巴川，就算打不過也能抵擋一陣。」

韓敏嘆道：「這……峨眉又欠你一個人情。」

「這叫說的什麼話。」王小軍豪氣地說。

韓敏又道：「可是你一個人應付得來嗎？」

郭雀兒舉手道：「我也一起去！」

王小軍道：「你去幹什麼，青城派的人誰不認識你？」

郭雀兒反駁道：「虧掌門師姐才誇過你鬼點子多，你能化裝改扮，我也可以啊。」

王小軍仍舊搖頭：「不行，你只要一露出峨眉派的功夫，對方立馬就知道這是一個陷阱了。」

胡泰來笑道：「還是我陪小軍走一趟，我們黑虎門的功夫，認識的人很少。」

陳覓覓也自告奮勇：「我也是生臉。」

唐思思想想自己又不會功夫，而且青城四秀都見過自己，索性耍賴道：「我不管，反正我也要去！」

胡泰來制止道：「你就不要去了吧……」

唐思思怒目橫眉道：「我就要去，你還沒追到我呢就想管我?!」

眾人無不失笑。

胡泰來訥訥道：「張工只是一個工程師，身後領一大幫人，青城派的人難道不會起疑？」

唐思思道：「他那麼大個工程師，領倆女助理很正常，領個男的才奇怪吧？」

王小軍擺擺手道：「你們想跟著我可以，但是有個條件。」

「什麼條件？」

王小軍道：「不到萬不得已，你們誰也不許出手！」

胡泰來愕然道：「那我們跟著你是為什麼？」

王小軍道：「你們出手跟敏姐出手性質是一樣的，對方見張工找了保鏢，自然不肯輕易冒頭，而我需要的效果是——他們被『張工』完虐，從此再也不敢打他的主意。」

唐思思不滿道：「你讓我們跟著你，就是看你的個人秀啊？」

王小軍得意洋洋道：「不願意你可以不去。」

唐思思只得訥訥道：「我忍！」

這時楚中石背著手走了進來，一副胸有成竹的樣子道：「我看好了，難度不大，現在我們來談談酬勞的問題吧。」

王小軍道：「你想要幾張圖做酬勞？」

楚中石問：「先說你們準備化幾個人？」

王小軍道：「四個。」

楚中石想了想道：「好，每化一個，用五張圖來交換。」

王小軍怒道：「你瘋啦？」他看楚中石那副樣子就知道他準備要獅子大開口，沒想到他真敢要價。

楚中石拿喬道：「這可是技術活，雖然我不知道你們化了妝幹什麼去，但是你們如果有別的辦法也不會找我了吧？」

王小軍道：「你別忘了你男扮女裝陪了別人老爸兩天才換來兩張圖。」

楚中石回道：「這是不一樣的，我自己變裝，幹了什麼心裡有底，誰知道你們裝成別人要去幹什麼壞事？計程車走再遠的路也是按表收費，可是你要借車就得多交點押金不是？」

王小軍討價還價：「少廢話，化一個人一張圖。」

楚中石搖頭道：「至少三張。」

王小軍道：「一人兩張，不行你就走吧。」

·第五章·

變臉

楚中石小心翼翼地把一張精緻的面膜貼在王小軍臉上，由於剛才的矽膠已經改變了他的輪廓，這時面膜一上臉，陳覓覓他們立刻叫道：「張工！」這時的王小軍看起來已經和張工有八分相似，不熟的人已然分別不出來了。

楚中石見王小軍鐵了心的樣子，忙道：「這樣吧，四個人你一共給我十張圖，我額外還多送一次，等你需要的時候找我——這也是我的底限，不然我可就真走了。」

王小軍點頭道：「成交！但是有一個條件——這十張圖要等你幫我們找到千面人後，連同那十張一起給你。」

楚中石叫道：「這怎麼行？」

王小軍揚著眉道：「就因為是期貨所以才給你開的高價，你想想吧，只要你找到千面人，鐵掌三十式你就一共學會廿二掌了，隨便再做點任務就通關了；要是想套現，那就按我說的，化一個人一掌。」

楚中石思前想後，無奈跺腳道：「好吧，我同意了。」他揮揮手道：「除了需要化裝的人，其他人都出去吧，畢竟這可是門絕活，有商業機密的，謝絕參觀。」

江輕霞等人無語，只好紛紛走了出去。

楚中石把隨身的包放在桌上道：「先化誰？」

王小軍道：「我。」

楚中石先用酒精給王小軍擦了半天，隨即根據記憶，把一些像果凍似的東西東抹一下西抹一下黏在王小軍臉上，邊抹邊心疼道：「這都是最好的矽膠啊，小姐們往胸裡墊一點就好幾萬呢！」

王小軍聽了好笑道：「那你不是賠本了？話說這次的活兒幹完，你到底能賺多少錢？」

楚中石道：「你不明白我們這行，錢不是最重要的，最重要的是名，這次我要成功了，名氣一定會大漲，就像有的作家，沒名氣前先弄什麼部落格、臉書粉絲團的，以後的日子不就好過了嗎？」

王小軍道：「你現在在神盜門裡是個什麼排名？」

楚中石道：「我綜合實力強，善於完成高難度任務，跟那些搶了就跑的飛賊還是有區別的。」

王小軍狐疑道：「你不會是說千面人吧？」

楚中石嗤了聲道：「論做賊的藝術，他可不如我。」

這時楚中石第一階段的工作完成，他小心翼翼地把一張精緻的面膜貼在王小軍臉上，由於剛才的矽膠已經改變了他的輪廓，這時面膜一上臉，陳覓覓他們立刻叫道：「張工！」

這時的王小軍看起來已經和張工有八分相似，不熟的人已然分別不出來了。

楚中石又從包裡掏出一個小小的吹風機，在面膜上吹著進行塑型，一邊用手指這捏捏那抹抹，隨著面膜定型，一個十足像的張工出現在眾人面前。

王小軍在鏡子前照著，看著一個完全陌生的人出現在鏡子裡，由衷地道：「行！好手藝！」

楚中石站在鏡子後觀察著王小軍道：「眼神，注意你的眼神。」

「眼神？」

楚中石提醒他：「你要冒充的這個人，一看就是個書呆子型學者性格，你的眼神太跳了。」

王小軍失笑道：「你還管技術指導？」

楚中石認真地道：「每一件作品都得力求完美是我的宗旨，樣子像了，氣質不符也是失敗的。」

王小軍點點頭：「那我注意。」

楚中石拍拍手道：「下一個誰來？」

接下來，楚中石很快完成了剩下的三件「作品」，在改扮唐思思的時候，他沒有再像鼓搗王小軍那樣大費周章，而是在髮型、眼線、小飾品等方面別出心裁，唐思思被打扮成了一個又俗又豔的蛇精女；陳覓覓則是一個強勢精明的女助理；胡泰來被打扮成一個梳著小油頭、有點猥瑣但是經常健身的娘炮……

化完妝後，楚中石問王小軍：「我能問一下你們化了裝之後想幹什麼嗎？」

王小軍說了個大概，當然不會告訴他，他們準備對付青城派。

唐思思一照鏡子就叫了起來：「楚中石，你是跟我有仇是吧，把老娘弄成了一個妖豔賤貨！」

面對唐思思的抗議，楚中石示意她冷靜，揮揮手道：「根據劇情，我給你們說一下——」一指唐思思道：「你是王小軍，也就是你們說的張工的情婦。」

唐思思張牙舞爪道：「憑啥我是情婦？我想當男人，你把我化成男的！」

楚中石道：「不行，這裡已經有一個男的了。」

唐思思撇嘴道：「你明明就是捨不得矽膠。」

「男扮女裝才費矽膠呢！」楚中石又一指陳覓覓道：「你呢，是個十分強勢的女助理，但是個性死板，你知道張工有老婆還在外面亂搞，所以你瞧不起情婦，甚至也瞧不起你的老闆，但是工作方面還是很認真負責，你要注意保持高冷的樣子。」

又對胡泰來道：「你是個娘炮，和女人很容易成為閨蜜，簡言之，張工把你帶在身邊是因為覺得你對他構不成威脅。來，比個蘭花指給我看看。」

胡泰來傻了：「蘭花指？」

「這樣。」楚中石比出一個嫵媚到不行的蘭花指。胡泰來學著他的樣子把拇指和中指對在一起，讓小指翹起來，看起來就像僵硬的雞爪子。

「噗——」唐思思一見頓時忘了自己的樣子，幸災樂禍地笑了起來。

楚中石打掉胡泰來的手，重新示範道：「要性感，要柔弱。」

胡泰來凝神學了半天，這回終於有三分意思了，楚中石道：「記住，但凡做動作別人能看見你手的時候，你都要這麼翹著。」

胡泰來虛心求救道：「我為什麼要這樣做？」

楚中石解釋道：「你們的目的是扮豬吃虎替人解難吧？所以你看起來要絕對無害，不能讓人看出你會功夫。」

胡泰來想想也是，只好點頭。

楚中石的目光又移到了王小軍身上，王小軍舉手道：「我知道我的人物什麼個性——工科學霸，能力強，說話不給人留面子。」

楚中石想了想道：「可以。」

王小軍道：「所以我有個問題：為什麼像這樣一個書蟲會找一個花枝招展的風塵女當情婦？」

「嗯，這是個好問題。」楚中石道：「因為以前在愛情上受挫太多，所以現在經濟上有能力了，就想報復以前沒有女朋友的日子。」

王小軍點點頭道：「這理由倒是成立。」

王小軍問：「這造型能保持多長時間？」

楚中石道：「四十八小時沒問題，洗臉的時候不要使勁，用清水輕輕擦拭就可以了，睡覺儘量保持平躺，最後，跟人動手的時候不要被擊中！」

王小軍道：「超過四十八小時會怎樣？」

楚中石道：「有些地方會出現黃斑，鼓泡，看著很嚇人。」

王小軍冷不丁問：「你真的不知道你的主顧是誰嗎？」

楚中石很自然地回道：「不知道。」

王小軍想來他也不可能知道，說道：「那我剩最後一個問題了：你不會把我們易容後的樣子洩露出去吧？」

楚中石不悅道：「這你就是侮辱我了，我是最講職業道德的！」

王小軍笑道：「你走吧，找到千面人的時候再來找我，我給你一個免費的指南：千面人有可能就在四川。」

楚中石看看胡泰來道：「你最好買幾件鏤空黑絲上衣穿上。」

當江輕霞她們看到王小軍的新造型後都被嚇了一跳，然後再見陳覓覓他們，尤其是唐思思的樣子後，都樂不可支地笑起來。

唐思思碰碰胡泰來道：「老胡，做一個你的習慣動作。」

胡泰來只好表情僵硬地翹了一個蘭花指。眾人笑得更厲害了。

王小軍道：「好了，我們該幹正事了。」

江輕霞道：「你們現在就走嗎？」

王小軍道：「事不宜遲，我們只有四十八個小時的時間。」他問韓敏，「張工住在什麼地方？」

韓敏道：「市區的一個公寓裡，我送你們過去吧，順便在附近支援你們。」

王小軍搖頭道：「你不能再出現，否則就前功盡棄了，你把地址告訴我們，我們自己去。」

韓敏想了想也只好同意。

王小軍交代道：「讓那位大爺這幾天專心設計他的圖紙吧，三天以後我還他一個太平！」

江輕霞歉意地道：「本來你們來峨眉是做客的，現在又讓你們幹活。」

王小軍一笑道：「對付余巴川，人人有責。」

他們一路下山，換了臉之後的他們自然也無人在意，王小軍打開導航，趕奔張工臨時居住的公寓。

在路上，陳覓覓問王小軍：「你讓楚中石找到千面人以後，把掌法一起給他，有什麼目的嗎？」

王小軍道：「看來你也瞧出來了，我這麼做，其實就是想順藤摸瓜，跟著楚中石見見這個幕後主使——楚中石得到廿二張圖之後，總得跟蒙面人有個交代吧？咱們只要跟著他就好了。」

唐思思提出疑問：「如果他只用手機傳圖呢？」

王小軍道：「我教他掌法的時候會叮囑他必須親自面授，否則馬上走火入魔，蒙面人對我的鐵掌這麼有興趣，想來也會重視的。」

唐思思嘆道：「原來你在下好大一步棋啊。」

王小軍嘿嘿道：「沒多大，就兩步。」

眾人按照地址找到了張工的公寓，這是一所兩居室的房子，沒進門之前可以看到門上和牆壁上有清理過的痕跡，應該是被人噴過油漆。

王小軍道：「看，這都是青城派的人幹的，說起來我還有點想念青城四秀了呢。」

四個人進屋繞了一圈沒發現什麼異常，王小軍道：「騷擾咱們的人呢？」

胡泰來看看錶道：「現在都快十點了，估計是睡覺去了。」

王小軍怪道：「不對吧，嚇唬人最好的時間難道不就是三更半夜嗎？」他擔憂道：「青城派的人不會以為張工被嚇跑不回來了吧？」

陳覓覓試探道：「要不，咱們在附近走走露臉？」

王小軍點頭道：「好辦法。」

四個人出了門，就在附近的小巷裡漫無目的地繞起圈來，王小軍像犯病一樣不停喃喃道：「青城四秀，你們快出來呀，一二三四，你們在哪啊？」

陳覓覓無語道：「青城派派出來騷擾張工的，未必就是青城四秀。」

王小軍恍然道：「沒錯，也許是別的弟子。」這樣一來，但凡有青壯年打量他們，王小軍就立刻用挑釁的眼神盯著人家看，搞得附近街坊們都不敢出來納涼，片刻之間就人跡罕見了。

這是格外寧靜的一夜，王小軍他們左等青城派的人不來，右等也不來，心想說不定對方要在深夜搞突襲，索性先睡一覺再說，結果什麼也沒等著，反而睡了一個自打入川以來最好的覺。

第二天天一亮，王小軍叫起來：「這樣可不行啊，青城派再不來我可就『沒臉』了，我的顏值是有保存期限的。」

陳覓覓咬牙道：「咱們出去繼續轉。」

於是四個人又在馬路上招搖過市，這時一些比較大的商場都開門了，王小軍帶著他的詭異組合就在各個樓層各個櫃檯瞎逛。

逛了半上午，王小軍洩氣道：「青城派的人沒出現，你們兩個女的淨招惹流氓。」

可想而知，唐思思打扮得像個阻街女，陳覓覓冷豔無比，後面還跟著一個翹著蘭花指油頭粉面的娘炮，這支小分隊要多有看頭就多有看頭，不光是小混混們要對他們吹口哨，連大爺大嬸們也看得眉開眼笑的。

唐思思小聲道：「我覺得是咱們沒來對地方，青城派的人不會閒得每天逛大街吧？」

王小軍反問道：「那你說他們應該在哪兒？」

陳覓覓推測道：「你作為一個總工程師，難道不應該去要蓋大樓的地方考察考察嗎？青城派的人八成會在那裡守著。」

王小軍一愣道：「你怎麼不早說？」

四個人飛快地上了車，按照韓敏的指揮，趕到峨眉派的那塊地頭上繼續晃悠。

這塊地目前算是閒置中，除了一些垃圾之外，還有簡易的倉庫出租，當然價錢也十分低廉，他們到的時候，四下空無一人。

王小軍閒得難受，乾脆自娛自樂指著遠處的空地，激昂慷慨道：「在這裡，我要起一座二十層的高樓，一樓賣鞋和襪子——」

胡泰來無語道：「這麼高檔的大廈，一整層都賣鞋和襪子嗎？」

王小軍道：「這有什麼稀奇的？顧客們來了以後，先買雙舒服的鞋換上，然後才能開開心心地逛剩下的十九層嘛，不然你讓那些穿著高跟鞋的小姐們爬十九層樓嗎？」

唐思思吐嘈道：「合著您這十幾億的商圈就沒電梯？」

王小軍臉一紅道：「忘了……」接著批評陳覓覓道：「這種專業的建議本來該由你提出來。你不用記錄嗎？」

陳覓覓愕然道：「記錄什麼？」

「拜託，你是個助理，現在你的老板正在規劃藍圖，你就任由他的靈感這樣浪費嗎？難道不該誠惶誠恐地把我的話都寫在本上嗎？」

陳覓覓瞪了他一眼，王小軍小聲道：「認真點，說不定現在就有人在偷窺咱們呢。」

陳覓覓無奈，只好掏出本子裝模作樣地記錄。

「幹什麼的？」就在這時，兩個青年漢子冷不丁閃出來，指著王小軍喝問了一句。

當他們看到他的臉時，彼此對視了一眼，不禁脫口道：「這傢伙居然還沒跑？」

王小軍心裡一個勁的跳，假意試探道：「我為什麼要跑？」

左邊那個瘦漢子冷冷道：「你被整得還不夠是吧？我們不是跟你說得很清楚嗎？再讓我們在四川見你一次，你小心性命不保！」

右邊那個下巴上有撮黑毛的漢子則東張西望道：「這幾天保護你的那個

胖女人哪兒去了？」

王小軍裝糊塗道：「我能知道到底是誰不想讓我在這幹活嗎？」

瘦子猙獰道：「少廢話，讓你滾就滾。」他一邊說著話，一邊機警地繼續四下張望，應該是怕韓敏突然出現，待確認安全以後，才肆無忌憚道：「既然你不聽話，那就別怪我們不客氣，說吧，你打算怎麼辦？」

黑毛盯著唐思思和陳覓覓奸邪一笑道：「這倆女的都挺惹火的，以前怎麼沒見過？」

王小軍道：「這是我的情婦，這是我的助理，至於後邊那個男的，是我的生活秘書。」

瘦子威脅道：「再給你最後一個機會，女的留下，你滾。」

胡泰來道：「我呢？」

瘦子和黑毛又對視了一眼，一起哈哈大笑道：「我們不玩人妖。」

胡泰來斗大的拳頭捏得嘎巴嘎巴響，王小軍小聲提醒他：「按劇本走——」他露出偽善的笑道，「兩位大哥，不如你們把管事的請出來，咱們聊聊，我只想知道是誰、為什麼不讓我在這幹活。」

瘦子瞪眼道：「給你臉了是吧？」抬手就朝王小軍臉上扇去。

王小軍手疾眼快在對方手掌堪堪要碰到他皮膚時，一把捏住了瘦子的手腕。

「哎呀呀呀——」瘦子的身子毫無徵兆地佝僂了下去，連聲喊痛。

黑毛吃了一驚，匆忙之中也沒想一個工程師為什麼忽然變得手勁這麼大，他飛身踹向王小軍，王小軍索性一不做二不休，用另一隻手捏住了黑毛的腳脖子。

「哎呀呀呀——」黑毛的反應和瘦子如出一轍。

王小軍一手拿著瘦子手腕，一手提著黑毛的腳脖子，微微用力道：「說不說，你們老大是誰？」

「我們是……」瘦子脫口就要招供。

「不能說！」黑毛喝了一聲，用眼神暗示瘦子，王小軍把給瘦子的勁兒勻了幾分給黑毛，黑毛頓時滿頭大汗，王小軍又道：「說不說？」

黑毛嘶聲道：「你練的什麼功夫？以前怎麼沒看出來？」

王小軍一笑道：「我哪會什麼功夫啊，我就是一個搬磚的，每天搬一萬塊磚，手勁自然就大了。」

黑毛只覺王小軍說話不盡不實，可又摸不準他的底細，汗流浹背道：

「有本事你放開我，再和我打一次！」

「好。」王小軍答應得無比痛快，一撤身，連瘦子也放了。

瘦子和黑毛乃是一起入門的師兄弟，平日臭味相投，基本的默契還是有的，王小軍剛一放手，兩人就分從兩邊偷襲上來，王小軍看也不看，仍舊是一手一抓，只不過這回是瘦子的腳脖子被捏住，而黑毛則換成了手腕。

「哎呀呀呀——」兩個人這次連慘叫也同步了。

王小軍道：「怎麼樣，還用不用再來一次了？」

黑毛這時心中雪亮：對方哪裡是不會武功，而是深不可測，一挺脖子道：「是我們看走眼了，要殺要剮隨你……」

王小軍又加了幾分力道，黑毛頓時一改光棍氣概，沒口道：「大哥我錯了，你饒了我吧，我不是人，我是畜生，我不該把您的涵養當成軟弱。」

王小軍道：「你們不想說出你們的老大也行，那就讓人來領你們，我放一個，你們得還我一個，也就是說，你們給我再叫兩個過來，然後這事就跟你們無關了。」

黑毛連連道：「好，我這就叫我們老大過來。」

王小軍他們均感錯愕：難道余巴川就在附近？黑毛掏出電話，剛一接通就大叫：「四哥，四哥你快來啊。」

胡泰來聽了道：「所謂的四哥是……」

王小軍低聲道：「八成是青城四秀中的阿四。」

阿四聽黑毛說得惶急，依舊拿腔拿調道：「什麼事？」

「四哥我被人扣啦！」

阿四頓時急念道：「不是讓你們躲著點警察嗎？是普通警察還是民武部的？」

黑毛道：「不是警察……」

「你們被峨眉派的人抓住了？」

王小軍的耳朵就支楞在電話邊上，吩咐道：「說實話。」

阿四警覺道：「你旁邊還有誰在？」

黑毛忸怩道：「我們讓要『辦』的人給扣了。」

阿四滿頭霧水道：「那個工程師？他請保鏢了？」

王小軍索性接過電話道：「你還是來了，我親自跟你說吧。」

阿四勃然道：「你是誰？」

「我就是你們要『辦』的人。」

「你給我等著！」阿四不由分說掛了電話。

「還是個爆脾氣。」王小軍放開兩人，指著牆邊道：「你倆給我去那兒蹲著，別想跑啊！」

瘦子和黑毛走到牆角後，王小軍冷不丁回身指著身後的三個人道：「你們會不會演戲啊？」

唐思思莫名其妙道：「我們怎麼了？」

王小軍氣不打一處來：「我這打得熱火朝天，你們一點反應也不給？」

陳覓覓道：「你不是不讓我們幫忙嗎？」

王小軍哼道：「作為三個普通觀眾，有人又是勒索又是恐嚇的，你們不應該表現出害怕的感覺嗎？」

陳覓覓茫然道：「害怕？」

王小軍循循善誘道：「你不是武當派小聖女，你只是一個女助理，想想看，就算街上有人打架，你是不是也會嚇得花容失色？何況這是有預謀的恐嚇行為？」

「哦。」陳覓覓隨口應了一聲。

「現在的小鮮肉真是不會演戲！」王小軍又指著唐思思道：「你可是那

種浮誇又做作的女人誒，剛才你就應該又喊又叫，撒潑打滾，可是你怎麼比我還淡定呢？」

唐思思道：「我該喊什麼？」

王小軍無奈道：「太難的你不會，像『殺人啦』『救命啊』這種臺詞總會吧？」

「這麼好的角色都給你糟蹋了。」王小軍的目光最終放在胡泰來身上。

胡泰來自己解釋道：「我覺得我畢竟是個男人，太浮誇了顯得很假。」

王小軍搖頭：「這你又錯了，要進入角色本身嘛，你是個娘炮，咋咋呼呼也沒人覺得奇怪。」

胡泰來據理力爭道：「娘炮只是個性而已，不是所有的娘炮都膽小不講義氣，而且不見得娘炮就不能打，現在有很多複合型娘炮，每天健身五六個小時，有八塊腹肌，你能說他戰鬥力就一定弱嗎？」

王小軍痛心疾首道：「你這是想強行修改設定嘛！」

胡泰來道：「我只是想讓場面看起來更符合事實而已，就像你說的，老闆跟人打架，兩個助手一個情人只會在一旁害怕，這也有點假吧？」

王小軍執意道：「我不管，我是唯一的導演和編劇，你們想在我戲裡混，就得按我的劇情走。」

陳覓覓道：「小軍，你到底想幹什麼？」她看出王小軍這麼較真，一定是有他的目的的。

王小軍道：「你們也看到了吧，這些傢伙不肯承認自己是青城派的，這就說明他們也知道一旦有證據落在峨眉派手裡就理虧，不管是武協還是民武部都會找他們算帳，咱們要做的就是把這證據坐實了！」

陳覓覓道：「所以呢？」

王小軍道：「所以咱們絕不能被人看出來是武林人士，要讓他們以為遇上了一個會點三腳貓功夫的工程師，我們最終的目的就是逼余巴川出手！」

陳覓覓反駁道：「不合邏輯啊，一個工程師挑了青城派全派，逼出他們的掌門？但凡青城派裡有智商的都會覺得這裡面有蹊蹺吧？」

王小軍道：「我也知道不合邏輯，所以才求速戰速決，咱們就利用猝不及防的機會打得對方暈頭轉向摸不著頭腦，只要余巴川一現身，咱們就算成功。」

唐思思道：「你是想走一著險棋？」

「嗯，這就得你們配合好我，如果就我一個人幹，余巴川說不定也會起疑，但是領著你們這三個，就會起到煙霧彈的作用。」

陳覓覓理出頭緒道：「你讓阿四來換這倆人，是想抓住阿四以後，再讓別人來換他，一層一層直到驚動余巴川？」

王小軍道：「沒錯。」

陳覓覓道：「這就要求你除了余巴川，有能碾壓青城派全派的能力！」

王小軍道：「好在青城四秀一二三四我都見過，估計問題不大，等阿四來了，我想再領教一下他的青木掌。」

陳覓覓道：「明白了，不過有一點咱們先說好──余巴川一出現咱們就跑。」

「那是當然，我還沒不自量力到那個地步。」他笑嘻嘻道，「現在明白我不讓你們出手的用意了吧？」

胡泰來無奈道：「我們儘量配合你吧。」

·第六章·

賭注

瘦子和黑毛愕然道：「你叫我們？」

王小軍道：「你倆把規則跟他說一遍。」

瘦子邊跑邊道：「四哥，張工的規則很簡單，一個換一個，你讓三哥或者二哥來換你吧！」

王小軍捏著阿四的兩隻拳頭道：「聽明白了嗎？」

這時一個二十五六歲的年輕人出現了，王小軍看了一眼疑惑道：「不是阿四？」胡泰來和唐思思也搖頭道：「不是。」

不料瘦子和黑毛卻一起叫了起來：「四哥！」他們倆歲數比阿四大，卻喊他四哥。

王小軍瞬間恍然道：「我明白了，青城四秀只是一個稱號，不是固定的人，誰武功高，誰就能進入四秀名額，看來咱們認識的那個阿四被淘汰了。」

阿四冷眼往這邊看著，瘦子和黑毛看看他又看看王小軍，竟然不敢擅自起身。

王小軍道：「我說話算數，既然有人來換你們了，你們就走吧——咦，不過說好了是一個換一個，你們兩個中只能走一個。」

瘦子和黑毛面面相覷，最終黑毛拉著瘦子的手道：「兄弟，你還年輕——」眾人都以為他要讓瘦子先走，不想他下一句話風一轉道：「這是個鍛煉的好機會，所以你讓我走吧！」

眾人絕倒。

瘦子帶著哭音道：「大哥，我還沒女朋友呢。」

黑毛道：「可是我在鄉下卻有個私生子，才剛一歲……」

王小軍聽得直犯堵，揮手趕蒼蠅一樣道：「滾滾滾，都滾。」

瘦子和黑毛如逢大赦，撒腿就跑。

阿四的目光在眾人臉上逐一掃過，冷冷道：「你讓我來見你，是想告訴我你這就要離開四川了嗎？」

王小軍作勢道：「少廢話，你級別不夠，換個人來跟我談。」

阿四勃然大怒，進身就是一拳，王小軍張開指頭把他拳頭捏在手裡，阿四只覺右拳就像探進了攪拌機一樣，汗水瞬間流了下來，他急忙揮動左拳打向王小軍面門，王小軍右手一張，如法炮製把他左拳也吃進了，阿四大驚失色，飛身起腳，希望以此先求解脫，王小軍手上略一用力，阿四頓時癱軟在地。

戰鬥瞬間爆發，又冷不丁結束，王小軍身後三人這時才想起要「配合」他，唐思思有氣無力道：「殺人了，救命啊——」

胡泰來也不知這會兒還該不該把表演進行下去，一愣神的工夫見唐思思已經在喊了，於是隨便捏了個蘭花指，十分散漫道：「好害怕，你們別打了……」

瘦子和黑毛跑得遠遠的在觀戰，這時見阿四一招被制，嚇得連滾帶爬繼續逃命。

王小軍嘖嘖道：「真是一代不如一代，你是我見過最差的阿四。」

阿四憤怒的眼神裡夾雜著惶恐，嘶聲道：「你是誰？」

王小軍道：「時間緊迫，廢話我就不跟你說了，你只要明白我的規矩就好。」他忽然一揚臉道：「喂，那兩個！」

瘦子和黑毛本已跑遠，這時愕然道：「你叫我們？」

王小軍道：「你倆把規則跟他說一遍。」

瘦子邊跑邊道：「四哥，張工的規則很簡單，一個換一個，你讓三哥或者二哥來換你吧！」

王小軍捏著阿四的兩隻拳頭道：「聽明白了嗎？」

阿四疼得發出嘶嘶冷氣道：「看不出你居然是個高手。」

王小軍道：「不用你誇，快把你們的阿三阿二或者管事的叫來換你。」

阿四道：「我叫來他們，倒楣的是你。」

「那不用你管，你只管叫就行了。」

阿四略一猶豫，冷笑道：「如果我就不叫呢，你能把我怎麼樣？」

王小軍不耐煩道：「你們青城派就這麼怕見人嗎？」

阿四臉色一變道：「你怎麼知道我們是青……」後面的話戛然而止，顯然是意識到自己說漏了嘴。

王小軍嘿然道：「青城派雖然沒什麼好人，以前還是敢作敢當的，怎麼現在都成了縮頭烏龜？」

「你別聽那胖丫頭瞎說，我們不是什麼青城派的，我也不認識你說的阿三阿二，你想怎麼樣隨便！」阿四反倒橫上了。

王小軍道：「好，那我就捏碎你的拳頭，按慣例，阿四不是都練過青木掌嗎？到時候毒氣攻心你可別怪我。」

這回阿四神色大變，脫口道：「你怎麼知道得這麼清楚？」隨即又道：「我沒練過什麼青木掌！」

王小軍笑道：「行，那我把你兩隻手給捏成兩個圓饅頭，像多啦A夢那樣好了。」

阿四這時已知對方對青城派內幕十分瞭解，想瞞也沒有用，他之所以想硬撐，主要是為了保住自己的排名，要是手廢了，別說阿四，恐怕馬上會被趕出青城派，不禁嘆了口氣道：「讓我打個電話。」

「早這樣不就結了嘛？」王小軍二話不說放開了他。

阿四掏出電話，撥了個號，支吾道：「二哥……我是阿四，情況是這樣……」說了幾句之後，抬頭對王小軍道，「阿二不在附近，他說你想見他的話，就親自去找他。」

「讓他報地址！」

阿四問明白了地址，掛了電話，然後道：「我能走了嗎？」

王小軍把手搭在他脖子上道：「想什麼呢，你得跟我們一起去。」

阿四哭喪著臉道：「這算挾持嗎？」

王小軍認真地道：「算。」

阿四臉色晦暗道：「我沒把你嚇唬走，反而被一個工程師給挾持了，你讓我以後怎麼做人？」

王小軍安慰他道：「沒事，我會把阿一阿二他們都挾持了，你們一塊丟人。」

陳覓覓開車，王小軍和胡泰來一左一右夾著阿四坐在後面，王小軍問阿四：「按次序，你怎麼不先給阿三打電話？」

阿四滿臉鄙夷道：「阿三就是個富二代，靠錢進來的，找他？恐怕他連這位開車的美女都打不過！」陳覓覓回頭掃了他一眼……

王小軍擺手道：「等等，你說阿三是富二代？你們的阿三也換人了？」

舊款的阿三阿四，王小軍都見過，阿四跟王小軍動手，受了青木掌的反噬，所以被淘汰很正常；至於阿三，不知道他為什麼也被淘汰了。

阿四驚恐地看著王小軍道：「我能知道各位是什麼人嗎？」

不得不說楚中石的易容術十分精湛，阿四直到現在也沒看出丁點破綻，很好奇為什麼一個工程師忽然變得身懷絕世武功，而且有勇氣進行反攻。

王小軍冷冷道：「該讓你知道的時候你自然會知道的。」

按照阿二留的地址，王小軍他們來到一個汽車修理店面前，門前蹲了一排面目不善的後生，個個叼著菸、痞裡痞氣的。

王小軍詫異道：「阿二這是找了一幫小流氓來嗎？青城四秀怎麼越活越回去了？」

幾個人下了車，王小軍直接問：「阿二呢？」

阿四也找了一圈，隨即問那群後生中的一個：「我二哥呢？」

那後生懶洋洋道：「和你三哥試車去了。」

這時一輛跑車吱嘎一聲停在門前，從裡面下來兩個人，其中一個正是阿二，青城四秀裡終於看到熟面孔了。

但是王小軍意外地發現另一個人自己也認識——當初他突破鐵掌第一重境最後一天時，這人來鐵掌幫學藝，親眼目睹了他擊敗唐缺的過程，於是要拜自己為師；如果沒記錯的話，這人叫劉易凡。

王小軍納悶地問阿四：「這就是你三哥？」阿四哼了聲，顯得很不服氣。

阿二從副駕駛座出來，滿臉通紅道：「刺激，這車就是酷。」

劉易凡，也就是現在青城派的阿三滿臉諂媚道：「二哥要是喜歡就拿去玩，等我有時間了再給你弄輛更好的。」

阿二點點頭道：「好，我說到做到，回去就再教你一套拳法。」

看來劉易凡學武心切，利用錢多這一招賄賂阿二，以求能學到功夫。

阿四訥訥道：「二哥……」

阿二早就看見他和王小軍等人，這時才懶懶道：「他們見我想幹什麼？是不是給你錢，讓你替他們求情？我說過了，他們必須滾出四川，這點沒得商量。」

王小軍氣不打一處來，質問阿四：「你怎麼跟他說的？」

阿四弱弱道：「我只說你們想見他，沒說太細……」原來阿二誤會了，他以為張工給阿四塞了好處，拜託他來向自己求情，所以才一副趾高氣揚的樣子。

王小軍無語道：「實話是你說還是我說？」

阿四一溜煙跑到阿二面前低語了幾句，阿二滿臉不可置信道：「他還想跟我動手？」他眼珠一轉，忽然道：「阿三，這個是師父要對付的人，你先去試試他的成色。」

劉易凡心虛道：「老四都不成，我……」

阿四嘿然道：「我不成不見得你也不成啊，你可是排名在我前頭的。」

從這點就看出他不厚道了，他看不慣劉易凡，這會兒非擠兌得他丟醜不可。

那幫混混大概平時都收過劉易凡不少好處，這時紛紛捧他的臭腳道：「劉哥，揍他！」「劉哥，讓我們見識見識你的本事。」

劉易凡騎虎難下，只得往前走了幾步，硬著頭皮道：「那我來跟你比劃幾招！」

王小軍道：「就你那兩下還是算了吧——」語重心長道：「年輕人，踏錯一步說不定以後就會萬劫不復，你可不要後悔莫及。」

劉易凡忽然脖子一梗道：「咱們不比拳腳，有本事你跟我比賽車！」

王小軍無語道：「你們青城派什麼時候轉型改行了？」

劉易凡道：「我不管，你要麼跟我比賽車，要麼滾出四川。」

這時陳覓覓走出來道：「我跟你比。」

小混混們一看半道忽然殺出一個ＯＬ小妞，都嘻嘻哈哈地起鬨道：「真是不知死！」「下注下注，我賭劉哥贏。」

王小軍竊笑道：「我跟你們賭！」他把身上所有錢都掏出來，接著跟唐思思胡泰來道：「快點，把現金都給我。」然後道：「我賭五千美女贏！」

一群混混湊了一萬多，道：「你錢不夠呀。」

王小軍翻白眼道：「總得講賠率吧？一搏二，你們還占著便宜呢。」混混們一聽也有道理，於是也把錢押在了一邊。

劉易凡眼睛發光，比功夫他沒底，比開車他可是信心十足，他們家就是開汽車修理廠的，從小到大，他就愛搗弄各種豪車，在飆車黨裡，他的車技也算好的。他對陳覓覓道：「美女，別說我欺負你，這裡的車你隨便挑，你挑剩下的我開。」

陳覓覓冷回道：「用不著，我就開我的車。」

劉易凡掃了一眼富康，發出一聲嗤笑。逕自上了剛才那輛跑車，指著前面的一個土坡道：「看見坡下那棵樹了嗎？誰先到那誰贏。」

那個土坡十分陡峭，而且有兩個U型急轉彎，邊上沒有任何防護，掉下去就是車毀人亡。

陳覓覓道：「好。」她上了車，手握方向盤道：「你說開始就開始。」

「我數到三，一，二，三！」劉易凡三字出口，跑車發出一陣轟鳴，兩輛車同時躥出，劉易凡的跑車畢竟性能卓越，搶先一線駛上土坡，在第一個急轉彎的時候車身凝立不動，利用強大的慣性和制動在轉彎處扭擺而過。

一干混混們如同打了雞血：「飄移！是飄移！」

胡泰來憂心道：「覓覓能贏吧？畢竟咱們的車……」

王小軍老神在在地道：「少見多怪，飆車飄移還不跟咱們比武出拳是一樣的？覓覓在武當山上，一年過十幾萬個這樣的彎兒，論過彎，我看這世界上還沒有她的對手。」

果然，陳覓覓緊隨其後也是一個漂亮的飄移，但是仍然落後劉易凡一個車身，在第二個彎道處，劉易凡水準不失地繼續飄過，就在這時，陳覓覓的車以無比精準的計算和人車合一的技術，利用小彎超車，然後絕塵而去。

她把車開到樹下繞了一圈，隨後又開回來停在眾人面前，而此時劉易凡才剛到坡底。

陳覓覓一回來，王小軍就去拿押在地上的錢，混混們譁然道：「你作弊！」「這把不算！」「三局兩勝。」

王小軍淡淡道：「想要賴是吧？」

阿二擺手示意混混們安靜，冷冷道：「不要吵！先贏不算贏，我跟他還有一場要賭！」

王小軍饒有興趣道：「你想跟我怎麼賭？」

阿二道：「你不是來找我算帳的嗎？咱們就比拳腳。」

這時劉易凡的車才姍姍來遲，他看陳覓覓的神情滿是驚詫，「你那個彎兒怎麼過的？能不能教教我？」

王小軍又好氣又好笑道：「你倒是滿謙虛好學的！」

阿二狂妄地道：「咱倆賭可就得賭大一點，不然我還懶得動手。」

王小軍道：「你們還有錢嗎？」

阿二來到劉易凡那輛跑車前，拍拍車頂道：「我就用它跟你賭。」

唐思思撇嘴道：「那車是你的嗎？」

阿二不說話，掃了一眼劉易凡，劉易凡馬上道：「我的就是我二哥的，他說怎麼辦就怎麼辦！」

阿二道：「這車值多少錢？」

劉易凡道：「考慮到二手的因素，大概五十萬吧。」

阿二對王小軍道：「你輸了拿五十萬出來。」這時一群混混起鬨道：「你有五十萬嗎？」

「呃……」王小軍當然沒有五十萬；至於陳覓覓的富康，在外人眼裡連五萬也不值。

混混們見終於將到了王小軍的軍，頓時叫囂道：「慫了，慫了！看見沒？」

王小軍翻著白眼道：「我是來抓你的，不是來跟你賭博的。」

阿二冷笑道：「我阿二在青城派也是一號人物，如果誰想跟我比劃兩下我都奉陪，我還有時間幹別的嗎？」

王小軍道：「你終於承認你們是青城派的了！」

阿二不耐煩道：「少廢話，你要能拿出賭注我就和你玩玩，要是沒有，就給我滾出四川！」

王小軍懶得理他，正準備要強行動手，就聽有人高聲道：「賭注我們有！」

從旁邊另一間修車鋪裡呼呼啦啦出來十多個人，為首的男人四十多歲年紀，穿著一身油膩膩的工人服裝，王小軍納悶道：「你們是？」

男人道：「我姓王，是旁邊這家修理廠的老闆。」

王小軍道：「原來是王哥，你們有什麼事嗎？」

王哥道：「剛才的事我們都看見了，兄弟，你想跟他打賭，賭注我們替你出！」他身邊的人也都是附近的修車鋪或者其他行業的小老闆。

王小軍奇道：「你們為什麼幫我？」

王哥憤憤不平道：「兄弟你不知道，青城派的人一貫作威作福，過年過節要收禮物不說，平時還得孝敬他們保護費，簡直比黑社會還黑，我們這些人都是受他們欺壓的小買賣人。」

胡泰來忍不住道：「你們就不會報警嗎？現在都什麼年代了，還搞這一套？」

王小軍附和道：「對呀，他們青城派也算是有廟的和尚，你們不會告他嗎？」

王哥嘆道：「這些人私下裡打著青城派的幌子，可是我們一報警就跑，就算被抓了，也只說是自己的主意，之後就變本加厲地報復我們，我們這兒山高皇帝遠的，報個警可費事了，大家想過安生日子，只能低頭。」

阿二變臉道：「你們這是要造反啊？」

王哥不理他，自顧自道：「既然兄弟你肯出頭，我們也豁出去了，賭注我們幫你出，大不了輸了我這修理廠不要了，反正也早不想幹了。」

阿二道：「說明白，你們的賭注是什麼？」

王哥一指邊上的門面道：「看見我這家修理廠了嗎？只要這位兄弟輸了，它就歸你們，我淨身出戶，連一根螺絲釘都不帶！」他旁邊的人紛紛道：「要是輸了，這筆錢我們跟你分攤。」

阿二道：「好！我先收拾了他，再找你們算帳！」

王小軍氣憤道：「我原以為青城派就是做事混蛋些，想不到你們還幹欺負老實人、收保護費的勾當。」

阿二冷笑道：「知道江湖為什麼叫江湖嗎？那是因為自古碼頭就是爭名奪利的是非之地，總得有人聯起手來對付另一幫人，弱肉強食、適者生存，這就是江湖。」

王小對阿二道，「你要是輸了，以後不許再糾纏這些人，更不許報復人家。」

阿二道：「少囉嗦，賭注就是這五十萬，再多的你跟我說不著！」

王小軍怒道：「我先揍你一頓再說！」

這時陳覓覓忽然拉住王小軍小聲道：「注意，別用你的本門功夫。你以前跟阿二交過手，他認識你的武功，如果他看出你就是王小軍，那無異於打草驚蛇，余巴川就不會出現，峨眉派的問題就還是解決不了。」

王小軍鬱悶道：「可是我不會別的武功啊。」

胡泰來道：「用我教你的拳。」

陳覓覓道：「還有我教你的揉手，然後見機行事，找機會打敗他。」

王小軍遲疑道：「好吧，我儘量。」他剛要走，陳覓覓又拉住了他，擔憂道：「當然，實在不行也只好用掌了，千萬可別弄巧成拙。」

王小軍上前兩步面對阿二，故意雙手握拳揮舞了幾下，有鐵掌的底子在，這兩下倒也虎虎生威。

阿二一看就放了心，對方看著臂力不俗，可是從出拳的招法上看就是個棒槌，他可是實打實的真功夫，青城派這麼多年來，只有他和阿一穩坐目前的位置，所謂鐵打的阿一阿二，流水的阿三阿四。至於說一個工程師為什麼會功夫，這點很好解釋，現在很多白領業餘都好練個跆拳道什麼的，青城派裡也收了不少有錢人，劉易凡就是很好的例子。

阿二有心一招制敵來威懾眾人，左掌直拍王小軍胸口，右掌吞吐不定，那是留著一手千變萬化的後招。王小軍暗暗點頭，上次和阿二動手時，他的功底還淺，看不出奧妙，這時再看才覺得阿二確實有真材實料。

如果不用顧忌暴露身分，最好的應對方法自然是以掌還掌，阿二抱有輕敵之心，說不定瞬間就會佔據上風，甚至決出勝負，但無奈不能用本門功夫，王小軍只好拳背朝下捅出一拳算是還擊，用的正是胡泰來黑虎拳中的一招。

胡泰來看王小軍用著似是而非的黑虎拳，暗暗嘆了口氣，這一拳在別人眼裡也算得上是迅捷威猛，可在他看來卻是漏洞百出。

阿二輕笑一聲，左掌繞彎，眼看就要打中王小軍心臟部位，不料王小軍百忙中用手臂往外崩了一下，瞬間把他的攻勢給彈出寸許，這回用的是陳覓覓的揉手。

阿二見狀道：「你學得挺雜啊。」

胡泰來對陳覓覓道：「小軍倒是對咱倆言聽計從，先用了黑虎拳，又用了武當揉手，可是你幫我想想，他還會別的嗎？」

王小軍和阿二就這麼不倫不類地戰在一處，王小軍的兩隻手就像是被用膠黏住了一樣，別說出拳，就是握拳都看著彆扭，阿二卻時而飄逸，時而剛猛，繞著王小軍不斷出招，儼然是在打木人樁一樣，小混混們在一旁興高采烈地歡呼加油，王哥他們雖然看不出門道，卻也明白王小軍在過著朝不保夕的日子，一個個臉上黯然。

劉易凡一驚一乍道：「二哥就是二哥，太厲害了。」

阿四聞言狠狠瞪了他一眼，說者無心聽者有意，他這不是諷刺自己功夫不行嘛?!

唐思思踮著腳道：「照這麼打，小軍還贏個屁呀！」

陳覓覓背著手，微微笑道：「贏是一定能贏的，只是看他把握時機的能力了，如果把握得好，說不定連兩分鐘都用不了。」

唐思思詫異道：「怎麼看出來的？」

陳覓覓分析道：「阿二已經把所有絕活都用上了，小軍還能應付得來，這就說明兩個人的差距是很大的，但在不用鐵掌的情況下，他得給自己找一個騙得過阿二的機會才能得分。」

陳覓覓說得沒錯，阿二此刻心裡是崩潰的，他看似輕鬆，其實把所有厲害的殺招都用了一遍，可對方明明看起來就是半吊子，居然就那麼混了過去。這就像球員射門，眼看球迅疾且朝死角打過去了，結果對方守門員總是能解圍，一次還能說是運氣，可是連番都過關是什麼鬼？還讓不讓人好好比武了？

要說幸虧阿二也是用掌的，王小軍對掌法的瞭解非一般人能比，阿二打的雖然不是鐵掌，終究逃不出掌法的窠臼，這才讓王小軍混了這麼長時間，要是遇上以前那個善用拳法的阿三，王小軍絕不可能這麼輕鬆。

陳覓覓看了良久，忽然失笑道：「誰說他不會別的功夫，這不，連從淨塵子那兒學的太極拳，還有從張庭雷那學的虎鶴蛇形拳也用上了。」

唐思思道：「還有我大伯的擒拿手，他也學了好幾招。」

兩個人打到四十多招的時候，阿二心裡已經有了不祥的預感，就在阿二疑神疑鬼的當口，王小軍利用一個錯身的機會，右手呈爪狀在他肩膀上撓了一把，阿二痛入骨髓，身子一抽的同時，王小軍兩手一起按在他後膀上，略一使勁已將阿二雙手拽得脫臼，阿二一個狗吃屎栽倒在地。

他抓狂地大叫：「你這是什麼功夫？」

阿二趴在地上，想使個鯉魚打挺的功夫跳起來，結果王小軍的腳已經踩在了他的尾巴骨上，阿二此時只有滿腔的怒火──如果是一個武功比他高的人也就罷了，甚至和他旗鼓相當，或者只比他低一點的他都能承受，可明明王小軍看起來就是個二愣子，敗在他手下，簡直就是平生之恥。

王小軍笑嘻嘻道：「你管我練的什麼功夫，好使就行了。」

阿二心有不甘道：「有本事放我起來，咱們再打一次！」

王小軍道：「我張工在設計界也是一號人物，要是人人都像你一樣不要臉，我還有工夫幹別的嗎？」說著一把把他提了起來。

只是這一提，阿二心中頓時瞭然，知道自己輸得不虧，對方手上力道雄厚，也解釋了自己剛才心裡的疑惑──這人明明就是個高手！

阿二道：「你到底是什麼人？跟我們青城派作對有什麼目的？」

這時混混們見阿二也輸了，乾脆張牙舞爪地一起圍上來叫囂道：「放開我們二哥！」「你耍賴，有本事重打一次！」

王小軍嘿嘿冷笑，慢慢把手掌按進那輛跑車的引擎蓋，連帶引擎一起按碎，如同是按進奶油蛋糕裡一樣。混混們頓時不說話了。

王哥他們也都跑過來，個個興奮得滿臉通紅道：「兄弟，好功夫啊！」

陳覓覓嘆氣道：「你砸的好像是咱們自己的車。」

王小軍這才意識到這輛車作為賭注已經歸他，懊惱道：「習慣了……」

唐思思指指阿二道：「你打算拿這貨怎麼辦？」

王小軍對阿二道：「我就要你一句話，從今以後不許再為難這些人。」

阿二臉色鐵青道：「我……說了不算。」

王小軍點點頭，「那就叫你師父來！」

阿二哼了聲道：「憑你還驚動不了我師父！」

王小軍手上略一加力道：「你說什麼？」

阿二頓時滿頭大汗道：「我師父要是真來了，不但你好不了，我也好不了！」

「哦，你是怕他遷怒於你啊？那簡單——」王小軍衝阿四打個響指道：「你告訴他按流程該怎麼辦？」

阿四表情複雜道：「二哥，那你就得把一哥叫來換你了。」

阿二對他怒目而視，但又無法，只好道：「讓我打個電話。」他抖了抖兩條綿軟的手臂，示意王小軍放開他，王小軍對阿四道：「你幫他打。」

「好。」阿四緊跑兩步，用自己的電話撥通了阿一的號碼，然後把手機支在阿二耳邊，還善解人意地打開了播放鍵。

就聽阿一的聲音道：「什麼事？」

阿二叫道：「大哥，我們讓人給打了！」

阿一道：「你跟阿四在一起？是峨眉的人嗎？」

阿二道：「差不多，但不是峨眉的人動的手！」

阿一疑惑道：「在這兒還有誰能打得了你們？」

阿二道：「是那個畫圖紙的，他……手底下很硬啊！」

阿一愣了一下，接著勃然道：「丟人敗興！他帶了多少人？」

「就他一個……大哥你快來吧。」

阿一聞言又愣怔了片刻，道：「這事先擱擱再說，我脫不開身。」

阿四把嘴湊上去道：「二哥，你還沒明白情況——我們現在都是人家的人質，等著你來換我們呢。」

阿一卻道：「那我不管，你們自己想辦法吧。」

阿二吃驚道：「大哥，你可不能見死不救啊。」

阿一道：「我現在在山上，師父外出辦事，嚴令我，他不回來我不許下山半步，換了是你們，你們會怎麼做？」

阿二和阿四對視相看，竟然一時無語，看來余巴川平時御下極嚴。阿一不等別人再說什麼，直接掛了電話。

阿四崩潰道：「二哥，一哥平時不是跟你關係最好嗎？」

王小軍失笑道：「你跟著瞎操什麼心，阿二不是已經把你換走了嗎？你現在自由了。」

阿四詫異道：「那我是不是想去哪就去哪兒？」

王小軍攤手道：「沒錯，走吧。」

阿四驟然輕鬆，像要虛脫一樣，可是要說去哪兒一時也沒主意，乾脆跟那排混混們蹲在了一起。

阿二臉色慘白，閉著眼睛道：「你們也聽見了，阿一肯下山，你們弄死我吧！」

胡泰來道：「現在怎麼辦？」

王小軍把阿二丟在一邊，眼珠轉了幾轉道：「你們剛才聽清楚沒，余巴川是不是不在青城山上？」

陳覓覓心中一跳道：「你想幹什麼？」

王小軍大膽道：「整個四川，咱們也就怕余巴川一個人而已，那就是說哪裡沒他，哪裡就是安全的，既然他不在青城山上，那我們為何不去青城山玩玩？」

唐思思驚道：「你真想憑一人之力挑了青城派？」

胡泰來也質疑：「是不是動靜太大了呀？」

王小軍不屑道：「許他挑我們鐵掌幫，就不許我去挑他的青城派嗎？」

陳覓覓笑道：「你這麼做，不光是為了報復那麼簡單吧？」

王小軍一指王哥他們道：「這些人把身家性命都押在我身上，不管輸贏，他們日後肯定要受連累，所以我想乾脆把這個鍋背過來，我就不信我挑了余巴川的青城派，他還顧得上跟這些人為難。」

胡泰來一聽道：「本來我不想把事做得太過，不過既然你這麼想，那我跟你一起去！」

唐思思也興奮道：「那還等什麼，走！」

胡泰來剛想說什麼，唐思思已經一瞪眼道：「你別想阻止我，我不會成為你們的累贅的！」說著走進修車鋪，東找西找，往隨身的小包裡又裝了一大堆鋼珠。

王小軍又一手把阿二提了起來，道：「你大哥不願意來也行，那就勞煩你帶個路。」

阿二打顫道：「去哪兒？」

「青城山！」

阿二驚恐道：「你們想去掀我們老巢？」

「看不出你還挺聰明。」王小軍捏著他的脖子把他往富康後面押。

劉易凡愕然道：「那我怎麼辦？」

王小軍掃了他一眼：「回家去吧，這不是你玩的地方。」

·第七章·

你是王小軍！

阿一瞅準王小軍沾沾自喜的機會，拳頭直打他的胸口，此刻王小軍後悔已晚，他急中生智，將右掌平貼著身體擋在胸前，二人拳掌相交，阿一一個趔趄，他臉上神色又是驚詫又是恍然，大聲道：「王小軍！你是王小軍！」

仍然是陳覓覓開車，胡泰來和王小軍夾著人質坐在後面，只不過人質由阿四變成了阿二。

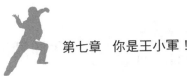

路上，阿二邊指路邊碎念道：「其實你們想去青城派自己去就行了，何必把我也摻和進來呢？」

王小軍道：「你是怕余巴川秋後算帳的時候找你麻煩吧？沒事，等我把阿一也抓住，你們青城四秀就都有汙點了，阿四就是這麼想通的。」

阿二愁眉苦臉道：「你們真以為就憑你們四個能把我們青城派給挑了？」

王小軍好笑道：「你是怕我們挑得了還是挑不了？」

阿二嘆氣道：「各有各的擔心吧。」突然他看看陳覓覓道：「你應該不是什麼助理吧？」接著又看看唐思思，「你也不是什麼情婦。」最後他盯著胡泰來發愣道：「我怎麼看你有點眼熟呢？」

胡泰來扳住他的腦袋扭在一邊道：「別琢磨了，該讓你知道的時候你就知道了。」

陳覓覓開著車左拐右拐來到一座山腳下，要不是阿二帶路，這地方還真不好找。就跟峨眉派一樣，青城派也不在青城山景區裡，從下面看，也不像有人居住的樣子，幾個人緣山而上，不多時就見到一道寬達五六米的石拱門，上面寫著「青城福地」四個字。

王小軍評道：「看不出余巴川還挺雅致的嘛。」

阿二忍不住道：「這四個字自古就有，並不是我師父寫的。」他自打上了山，眼睛就來回亂轉，這時忽從山後走出兩個青城弟子，他們見了阿二後一起肅立道：「二哥。」

阿二表情淡然地點點頭，驀然大叫一聲：「給我攔住他們！」說著撒腿就跑，他雙臂耷拉在身側，居然跑得飛快，轉眼就消失在一塊巨石之後。

那兩個弟子一愣，出於下意識朝王小軍他們撲了過來，王小軍揮掌將兩人打倒在地，就聽阿二的聲音遠遠傳來：「來人啊，有人打上青城山來了！」

他們追到山後，早已不見了阿二的人影。

唐思思抱怨道：「你們怎麼不看緊他點呢？」

王小軍道：「無所謂，反正這山上都是咱們的敵人！阿二不喊，咱們也清閒不了。」

陳覓覓搖頭道：「也不知道青城派到底有多少人，要是像峨眉派一樣，那咱們可就有得忙了！」

幾個人知道大戰在即，索性放慢腳步調整呼吸。青城山不像峨眉山那麼地勢險峻，而是呈現出幾個梯次的平面，屋舍也像余巴川一樣無趣，都是統一的大小、規格、甚至連房門窗框的顏色都是一樣的。

他們繞過阿二逃走的那座屏風一樣的巨石，就見眼前屋舍群落儼然，二十多名青城弟子正怒目橫眉地望向這邊，顯然阿二已經給他們傳了警訊。

看著這麼多人，王小軍有點頭皮發麻，這些人可不是尋常混混，一兩個不足為慮，這麼多湊在一起也不容易對付。

王小軍小聲嘀咕道：「咱們這是闖到人家宿舍區了！按人頭算，一人對付五個，哦，思思不算，咱們三個，一人分攤七個！」

唐思思不緊不慢道：「憑什麼我不算？」說話間她雙手連動，不斷從包裡掏出鋼珠射出，只聽嗤嗤聲不絕於耳，對面頓時躺倒十來個。

其餘三人都詫異地看著唐思思，唐思思嬌笑道：「我先幫你們分擔一半！」

王小軍感慨道：「幸虧帶了一個遠端輸出，不然對方堆人頭還是個麻煩呢。」

這時那些弟子已經衝到了近處，而且剩下的都是武功較高之輩，他們並不知道到底出了什麼事，只聽阿二說有人打上門來，青城派在四川作威作福，只有他們欺負別人的份兒，這樣的情況還是第一次見，當下個個奮勇，想著日後在師父面前表功。

胡泰來把唐思思拉在身後，一拳一個，砰砰砰三拳將其中三個弟子打飛，其餘人譁然道：「好厲害的娘炮！」

胡泰來邊打邊道：「小軍、覓覓，這裡交給我，你們快去找阿一，以免他搞什麼陰謀詭計。」

「辛苦啦！」王小軍見這些弟子成色一般，估摸著胡泰來綽綽有餘，於是拉著陳覓覓順著山路繼續追擊下去。

二人來到一片鬱鬱蔥蔥的絕壁之上，下面的路迂迴曲折，卻不知道該選哪一條了。

「怎麼走？」這句話卻是兩人異口同聲問對方的。

王小軍撓頭道：「下次踢人場子之前，真應該先摸清了路線再說。」他掏出手機邊打字邊說。

「你幹什麼呢？」

「我查查Googlemap，青城派真落後，連Wifi也沒有——」

這時就聽頭頂上有人厲聲道：「你們是什麼人？」

二人同時大驚，抬頭一看，驚訝更深了幾分！就見一個老者白眉白鬚，正盤腿坐在一棵參天古松的枝椏上，雙手自然放在小腹前，大概是在練功！這本沒什麼，他們驚訝的是那棵古松筆直而樹體光滑，高高地生長在懸崖旁，直達天際，俯瞰蒼生，這老者是怎麼上去的？

王小軍看了看陳覓覓，陳覓覓微微搖頭，面色凝重道：「憑我的輕功也很難上得去！此人必是高手！」

王小軍怪道：「余巴川難道不是青城派第一高手嗎？」

陳覓覓道：「掌門未必是第一高手，總有些世外高人不願意參與到這些俗務中來的，咱們還是小看青城派了！」

那老者又喝道：「你們是什麼人？」

王小軍心中震撼，索性嘻皮笑臉道：「大爺，問你個事兒，我們想找青城四秀裡的阿一，該往哪走？」

那老者長眉微動，森然道：「阿二說有人挑戰青城派，說的就是你們嗎？」

王小軍道：「您是世外高人，這些『俗務』就不要操心啦，好好的在樹上參透天機，說不定能活到一百五呢。」

「豈有此理！」那老者霍然起身，隨即消失在樹端。

王小軍緊張道：「老頭去哪兒啦？」

陳覓覓極目遠望道：「看不見了……」

王小軍著慌道：「難道這老傢伙成了精，會瞬間移動？」

兩個人仔細查看樹頂，冷不丁就見那老者在枝葉間時隱時現，肩膀也隨之一聳一聳的，二人愈加莫名其妙；待看清他的舉動時，不禁啞然失笑。原來樹後有一條長長的繩梯，老頭是踩著繩梯爬下來的。

那老者爬到低處，跳到兩人面前氣咻咻道：「你們好大的膽子啊，竟敢跑到我青城派來鬧事！」

陳覓覓客氣道：「老人家，請問您高姓大名，在青城派裡是什麼職務？」

那老者哼了一聲道：「看你小丫頭還算懂禮，我就不妨告訴你，青城派當今掌門是我師兄。」

王小軍詫異道：「你比他大這麼多，居然是他師弟？」但想到多數門派位序並不是按年紀排的也就釋然。

陳覓覓道：「前輩，我們來找阿一是要跟他理論一些事情的，青城派橫行霸道、魚肉鄉民的事，您不會不知道吧？」

那老者眼白一翻道：「這礙著你們什麼事了？」

陳覓覓呵呵笑道：「那就不用多說了，動手吧。」她用言語試探這老者，就是想看看他到底是不知情，還是跟余巴川是一丘之貉，所以話說到這裡也就不用囉嗦了。

那老者沒料到這姑娘前一刻還彬彬有禮，後一刻就翻了臉，他仰天打個哈哈道：「就憑你們兩個小屁孩也想跟我動手？」

陳覓覓道：「不是兩個，是我一個。」她對王小軍道，「小軍，你幹你的活兒去，我來對付他。」

這老頭一派仙風道骨的樣子，感覺他隨時會掏出一個紫金葫蘆來大喊一聲你的名字把你收了，王小軍忍不住道：「大爺，你今年到底多大歲數了？」

那老者隨口道：「五十四了。」

「噗——」這回不但王小軍，連陳覓覓也笑噴了出來，合著這老頭才五十多！王小軍無語道：「你那眉毛是先種出來後染的吧？」

那老者不理他，對陳覓覓道：「小丫頭，我可不客氣了！」

陳覓覓憋著笑道：「你不用客氣。」

兩個人話不投機瞬間交手，王小軍看陳覓覓毫不費力的樣子，正想走，忽然靈機一動，順著那道繩梯爬到樹頂，青城派的格局隨之一目瞭然，東北方人頭攢動，看來是有人在集結。

他心裡有了譜，又爬了下來，然後看看那道繩梯，憤憤道：「讓你裝酷！」說著一把將繩梯扯斷，大步朝東北方走去。

王小軍走在山間小道上，很快就見青城派的弟子們飛步跑到前面去，這些人乍見他這個陌生人，不禁都露出了疑懼的神色，王小軍乾脆招手道：

「你們好啊。」

然而這些弟子也不上前喝問更不挑戰，一語不發地繼續加快趕路，看來青城派雖然沒有網路，但他們都收到了消息，要去某地集合抗敵。

王小軍樂得省事，就跟在這些人後面，不多久就到了一處棋坪地形上，這裡已經又聚集二三十號人，阿一和余二赫然在列，看來這裡就是青城派的中心地帶。

這些人拱衛著身後的一座平房，那房子紅牆白瓦綠圍牆，猛看像公共廁所，細看像旅遊區管理處……

青城派一干首腦和弟子見到王小軍後神情猶疑，彼此詢問，他們聽說有人打上青城山，心裡除了震撼之外還十分好奇，江湖上有這個實力的人很少，而有這個實力的人裡，又不可能有誰會做這樣的事，所以眾人都懷著這樣的心思——說不定是哪位和師父認識的高手跟他們開的玩笑，直到見了真人卻無人相識。

阿一沉著臉問余二：「你說的就是這個人嗎？」

余二道：「就是他！」

王小軍笑嘻嘻道：「余巴川品味真差，居然住在公共廁所裡。」

阿一看看余二，余二道：「你去盤盤他的底子。」

於是阿一上前一步道：「朋友，你到底是什麼人？跟我們青城派有什麼過節？」

阿二小聲道：「大哥，忘了跟你說，這人就是給峨眉派設計大樓圖紙的工程師。」

「什麼？」阿一和余二眼珠子差點掉出來，直到此刻他們才知道，青城派居然是被一個工程師打上門來，不禁有種深深的茫然感和荒誕感。

王小軍見阿四和劉易凡也不聲不響地站在隊伍裡，也不知道這倆人是剛到還是早到了，不過，他們既然來了卻不跟阿一透底，這事兒也挺值得玩味的。

阿一又道：「閣下跟我們青城派有什麼梁子嗎？」

王小軍道：「我好端端的幹我的活兒，你們的人每天折騰我，我自然要找你理論！」

阿一微微搖頭，一個工程師怎麼會有這麼高深的武功？轉念又想，這人除了本職工作外，可能還有別的身分，於是道：「那麼閣下是哪門哪派的？說不定這是一場誤會，如果是自己人……」

王小軍擺手道：「少套交情，我跟你們肯定不是自己人，我也沒門沒派，我今天就是要討個說法，憑什麼你們和峨眉派的事要牽連我這個無辜的人，另外，你們青城派做的那些事我也有些看不慣吶。」

阿一冷笑道：「好，果然是專程找事來的，枉我跟你囉嗦半天。」

王小軍道：「你跟你師父一樣，打架之前喜歡長篇大論，這點很不好，我已經吃過虧了，與各位共勉——所以，你們誰先上啊，還是一起來？」

阿四這時才訥訥道：「一哥小心，這人武功很高。」

余二攔住阿一，嘿然道：「小兄弟，聽你話裡意思，你好像認識我師兄？」

王小軍道：「其實也不太認識，只能說我揍過他。」

青城派的弟子們一聽這句話頓時譁然，余巴川在他們心中就像天人一樣，這裡要不是余二和阿一主事，就憑打上青城這一點，他們早就一擁而上了，這時再也忍不住徹底爆發。

余二看了阿一一眼道：「你去！」其實他這會也快氣炸了，以他余二的身分和對方攀交情這半天，居然句句被打臉，他要不是顧忌這人背後有什麼門派勢力的支持，早就動手了！

阿一知道這事兒只有自己出面了，阿二是被人家抓住逃回來的，論單打獨鬥，其他弟子等於是白送，有心讓眾人一擁而上，又怕失了顏面，余巴川回來以後找他算帳，當下只好振奮精神撲向王小軍。

王小軍嘿嘿一笑道：「這點也像你師父，說急眼了才動手。」他不再顧忌暴露身分，左掌在阿一面前一引，右掌指點朝地拍向對方小腹。只這一招阿一就深深納罕，這畫圖紙的功夫居然如此霸道。

「砰！」阿一猝不及防間和王小軍對了一掌，頓時只覺手掌又疼又麻，他大吃一驚，馬上改換拳法，專走靈動偷襲的小路子，王小軍點頭道：「阿一不愧是阿一，起碼會得多。」

兩人動手片刻，王小軍就完全佔據了主動，這在青城派弟子和余二眼裡不啻是一個驚雷！阿一是弟子中當之無愧的第一高手，結果被對方逼得像風中的稻殼一樣，眾人心裡除了驚訝，還有說不盡的沮喪。

阿一這時心裡叫苦不迭，只用一句話就能概括他目前的處境——那就是連一丁點贏的希望也沒有！

這時陳覓覓走了過來，她見王小軍已和人動上了手，就安靜地在一旁觀看，王小軍邊打邊問：「老頭兒呢？」

陳覓覓言簡意賅道：「被我打跑了。」

「嘩——」青城弟子們又是一陣騷動。

說話間，胡泰來帶著唐思思也趕到了，王小軍道：「你倆沒遇麻煩吧？」

胡泰來道：「沒有。」

王小軍道：「看來你武功又精進了啊。」

胡泰來道：「不敢這麼說，是沒遇上高手。」

阿一爆喝道：「欺人太甚！」狂躁地攻了上來。

王小軍不禁說道：「喲，這麼玻璃心。」

不過阿一瞬間就冷靜了下來，心浮氣躁是比武大忌，這點常識他還是有的，阿一拳掌來回切換，一觸即走，這就等於承認了自己處在弱勢的一面。

王小軍有些陶陶然，上次他和青城四秀交手，除了利用鐵掌的特點秒殺了阿四以外，和其他三秀都還尚有距離，此刻舊敵重逢耀武揚威，這種報一箭之仇的得意要比初次交手的碾壓還讓人如沐春風。

就在這時，阿一瞅準王小軍沾沾自喜的一個機會，拳頭直打他的胸口，此刻王小軍後悔已晚，他急中生智，將右掌平貼著身體擋在胸前，二人拳掌相交，阿一一個趔趄，他臉上神色又是驚詫又是恍然，大聲道：

「王小軍！你是王小軍！」

王小軍出了一身冷汗，深悔自己輕敵，他本來可以利用這個機會趁勝追擊，但他卻放了阿一一馬，從某種角度上說，阿一給他上了一課。幸虧對手是不太強的阿一，如果和別人也犯這樣的錯誤，那後果不堪設想。

聽阿一叫出他的名字，王小軍也不太吃驚，問道：「你是怎麼看出來的？」

阿一識破王小軍身分也不全是憑功夫，一來，王小軍頂著一張理工男的嚴肅臉，說話卻著三不著兩，阿一已然起疑；二來，阿二忘了胡泰來和唐思思，阿一卻還記得兩人，兩下一對應，王小軍的名字就脫口而出了。

王小軍見身分已經暴露，伸手把臉上的面膜和矽膠一起扯下來，青城派的人都是低呼一聲。

阿一被王小軍掌風逼得呼吸困難，喘息道：「師叔，我師父交代過咱倆的那件事……」他話說了一半就說不下去。

余二喝道：「我來助你！」說著擺動雙掌加入戰團。

陳覓覓道：「想以多欺少嗎？」她正要去截住余二，王小軍一笑道：「不用了，我來會會余老二。」

他心裡十分納悶，他清楚余二的為人，在萬不得已的情況下，是個死要面子的主兒，上次在賓館門外，大師兄和他動手，余二雖然難以抵擋，但始終沒有明言讓青城四秀幫忙，今天居然肯自降身分和一個後輩弟子二打一，看來癥結就在於余巴川是交代了他們什麼事。

他一邊打一邊察言觀色，阿一臉上由紅轉白，又由白轉青，顯然是在強力支撐。余二內功深厚，可是限於資質，招數實在稀鬆。王小軍以一敵二毫不費力，就見這倆人不斷用眼神傳遞訊息，王小軍心裡愈發狐疑，他冷不丁一掌把阿一拍坐在地上，大叫一聲：「哈，我知道了！」

余二大驚失色道：「你怎麼知道？」話音未落，他顧不上再和王小軍糾纏，哧溜一聲鑽進那個紅房子裡，王小軍心念一動，故意落後一步跟了進來。

余二進屋後，一個箭步衝到桌前，提起一個黃色的小布包就要從後窗翻出，王小軍胳膊一探，拿住了他的後心把他拉回來，劈手把那布包奪過道：「這是什麼？」

「不要！」余二驚恐地喊了一聲，隨即意識到上當，懊悔道：「原來你什麼都不知道。」

王小軍笑道：「現在不就知道了嗎？」

他把余二扔在地上，伸手解開了那布包，看來阿一和余二緊張無比的就是這裡面的東西。布包打開後，裡面是一塊四四方方的乳白色石頭，邊角已有破損，看樣子像是一塊刻章。

「這是什麼東西？」王小軍抓起這塊石頭橫豎打量著。

余二坐在地上，聲音發顫道：「有話好說……你……你先把它放下。」

這時青城派諸人也一起衝了進來，見石頭在王小軍手裡，個個神色驚悚，瞬間就把王小軍圍了起來，然而卻無人上前挑戰，顯然是投鼠忌器。

王小軍高舉著石頭道：「你們要再不說實話，我可就把它摔了啊。」

余二倉惶道：「那……那是青城派掌門的印信。」

王小軍失望道：「我還以為是存摺呢，合著沒用啊。」

他一甩手，青城派眾人發一聲喊，一起朝他甩手的方向撲過去，王小軍其實只是做做樣子，印信還在他手裡，他哈哈一笑道：

「你們這麼緊張幹什麼，這種東西對咱們學武之人又沒用，被偷了的話還要傷心傷神，不如我替你們把它砸爛。」

余二連連擺手道：「姓王……不，王兄弟，你有什麼要求儘管說，這東西卻毀不得！」

「為什麼毀不得？」

余二道：「這是我們歷代掌門用過的印信，已經有將近千年的歷史——」忽而厲聲道：「你要是毀了它，我們青城派絕不和你善罷甘休！」

王小軍道：「反正咱們也不是朋友。」說著又是一舉手。

余二馬上又恢復哀求的口氣：「只要你把它還給我，提什麼要求都行。」

王小軍沒料到這石頭居然有這麼大的威力，自然要好好利用，他冷不丁道：「讓手下去騷擾工程師，好讓峨眉派的商場不能順利開業，這事是你們幹的，這你不否認吧？」

余二硬著頭皮道：「不否認！」但他也意識到王小軍要提什麼條件，馬上道：「這事兒是我師兄決定的，我做不了主。」

王小軍道：「那好辦，給余巴川打電話。」

阿一用目光詢問余二，余二咬牙道：「打！」

阿一撥通電話，膽戰心驚道：「師父……」

王小軍伸手道：「給我。」

阿一不敢違抗，把電話遞了過來，王小軍接過電話打個哈哈道：「老余啊，猜得出我是誰嗎？」

余巴川一頓，沉聲道：「誰？」

「我是王小軍啊，那你知道我現在在哪嗎？」

余巴川怒意漸生，卻只蹦出兩個字：「你說。」

「我就在你們青城山上呢，這樣吧老余，咱倆開個視頻吧？」

阿一在邊上打開了視頻，余巴川怒目橫眉地盯著鏡頭。

王小軍揮揮手道：「嗨，你看我眼熟嗎？」又把那塊印石在他眼前晃了晃道：「你再看這是什麼？」

余巴川喝道：「放下！」

王小軍收起嬉皮笑臉的表情，認真道：「讓我放下也行，我要你答應我兩件事情。」

余巴川冷笑道：「你是想讓我不要再和你鐵掌幫為難？」

王小軍道：「那不是，你就算不來和我為難，我也會去找你的！」

余巴川困惑道：「那是什麼？」

王小軍道：「第一，我要你承諾，從今以後，再也不干涉峨眉派的事，包括不去找麻煩和停止騷擾替她們做事的人。」

余巴川咬牙道：「好，我答應！第二個呢？」

王小軍道：「第二，不許再欺壓當地的百姓。」

余巴川冷冷道：「就算我現在答應了，你信得過我嗎？」

王小軍道：「你雖然人不怎麼樣，但畢竟是江湖前輩，你說的話我信！」他扭頭問陳覓覓，「錄下來沒？」

陳覓覓和唐思思一人舉著一個手機從他身後兩個角度道：「錄下來了。」

余巴川哼了聲道：「好，我也答應了。」

王小軍把印石拋給余二道：「這不就結了？」

余巴川詫異道：「就這兩個要求？」

「不然呢，我讓你自己打自己幾個嘴巴子你才滿意？」

余巴川冷笑道：「好，鐵掌幫居然出了一個大俠！」

「別扯淡了。」王小軍關了視頻，把電話扔給阿一，道，「那我們就走了，不送！」

四個人在青城派弟子的注視下昂然走出來，王小軍長長地出了一口氣。

陳覓覓笑道：「爽嗎？」

王小軍肅然道：「也沒有很爽，我的最終目標是余巴川，欺負這些阿貓阿狗沒啥意思。」

唐思思無語道：「口氣真大。」王小軍哈哈大笑。

余二和阿一阿二等人見王小軍等人談笑風生旁若無人的樣子，一個個恨得牙根癢癢，余二眼神閃爍，現出一絲殺機，青城派還有三十多個好手就在邊上，若是一擁而上，鹿死誰手還不好說。

王小軍他們也看出了余二的意圖，幾個人走到哪，青城派諸人總是呈半扇形包圍，既不上前也不放手，大家都在等余二的一句話！

唐思思把手放在小包裡，低聲道：「被鬼跟上就是這種感覺吧？」

王小軍也小聲道：「別露怯，狗要是覺得你怕牠，就非咬你不可了！」

幾個人緩緩地往前走，青城派眾人便默然相隨，大戰一觸即發！

這時，一個青城弟子氣喘吁吁地跑來，見了余二，道：「師……師叔不好了，峨眉……峨眉派的人打上山來了。」

這句話一出，不但余二大吃一驚，連王小軍他們也均感意外，峨眉派在四姐妹的領導下一直主張與世無爭，遇事能忍就忍，就連上次余巴川尋釁上門之後也沒說帶人打上青城，這時候怎麼突然發難？

王小軍疑道：「難道是有人冒充峨眉，借機搞事？」

余二怒問那弟子：「他們有多少人？」

那弟子道：「影綽綽的我也沒看清，怎麼也有上百號人！」

余二又道：「現在什麼情況了，山下誰在主持？」

那弟子沮喪道：「山下本來有二十多位師兄駐守，但是……但是……」

他看了看胡泰來和唐思思，意思很明顯，這些人恰好被這兩人都收拾了，那弟子低著腦袋道：「那些小妞已經快打到這裡來了。」

余二憤懣無比，沉聲道：「青城四秀及所有弟子，隨我下山迎敵！」

就在這時，一個長腿姑娘飛快地掠了上來，她眼中全無敵人，看見王小軍興高采烈道：「小軍，你沒事吧？」正是郭雀兒。

王小軍道：「我沒事，四叔，你怎麼來了，山下的姐妹們是你帶來的嗎？」

郭雀兒道：「是掌門師姐親自帶隊，二師姐和三師姐也來了。」

王小軍吃驚道：「你們四個都來了？」

他話音未落，韓敏和江輕霞一前一後上了山，緊接著是冬卿和峨眉派的女弟子們，個個背背雙劍，英姿颯爽，上了山頂後，一隊隊一列列分站在四周，青城山只怕自古也從沒來過這麼多女孩子。

江輕霞和韓敏大步朝王小軍走來，關切道：「他們沒把你怎麼樣吧？」

王小軍道：「你們這是唱的哪齣啊？」

江輕霞嗔怪道：「我們聽說你上了青城山，擔心你勢單力孤被人暗算了，所以趕緊過來看看。」

王小軍深為感動，高高地一招手道：「各位師姐師妹辛苦了！」

姑娘們有的掩口嬌笑，有的揮手致意，江輕霞似笑非笑地瞟了王小軍一眼道：「看來王少幫主安然無恙，倒是我們小題大做了。」

王小軍道：「哪裡哪裡，我都感動死了。」

韓敏無語道：「說到底，現在什麼情況了？」

王小軍輕描淡寫道：「余巴川已經答應從此以後不再搞小動作了。」他衝余二揮揮手道：「一場誤會，不要往心裡去啊。」

余二冷著臉道：「峨眉派明火執仗地攻上山來，你讓我不要往心裡去？」

王小軍斜眼道：「那你想怎麼樣？」

余二頓時語結，微微嘆了口氣道：「各位不告而至，恕我青城派不能接待了——」無精打采道：「送客。」

今天青城派先被王小軍打了個措手不及，又被峨眉派攻了個空門，無奈余巴川不在，這口氣不想忍也得忍。他眼睜睜地看著對方大搖大擺地下山，眼裡似乎要噴出火來。

·第八章·

天大醜聞

王小軍：「我有什麼秘密？」

千面人正色道：「你說武當派有一個天大的醜聞，這些天你都在搜集證據，這醜聞到底是什麼？」

王小軍張大了嘴，武當派？天大的醜聞？這可比真武劍更讓他震撼，現在他也無比想知道是什麼。

王小軍和峨眉派的姑娘們走到半山腰，一起哈哈大笑起來，雖然最後的決戰沒能打成，但大夥無異已經贏了一個漂亮仗。

韓敏這時才道：「小軍，你也太魯莽了，你答應過我什麼來著？」

王小軍忙道：「敏姐別生氣啊，我是摸清了余巴川不在山上才來的，我又不傻，怎麼可能自投羅網？」

江輕霞白了眼道：「意思是我們傻嗎？」

王小軍嘿然道：「說實話，你們要是不來我們可能也好不了，青城派這幫臭不要臉的，單打獨鬥不行，想仗著人多打群架，幸虧我師姐師妹不少！」

韓敏道：「你說余巴川答應了你的條件，到底是怎麼回事？」

王小軍把經過講了一遍，韓敏感慨道：「想不到堂堂的余巴川居然為了一塊石頭也有低頭的時候。」

王小軍道：「所以給兒孫後代留什麼信物啊，要留留錢就好了嘛。」

陳覓覓忽道：「說起這個，余巴川那麼重視的印信就那麼隨隨便便放在桌子上，這事也透著蹊蹺。」

王小軍猜道：「覺得自己了不起，沒人敢打他的主意吧。」

眾人下了山，韓敏道：「小軍，為了峨眉派又讓你鋌而走險了。」

江輕霞道：「敏姐已經和我達成了一致意見，一味的示弱只能讓人家以為我們峨眉派家道中落柔弱可欺，以後該強硬的時候，我們不會再讓步！」

陳覓覓感慨道：「人在江湖身不由己，有時候不是你遇上麻煩，而是麻煩會找上你，武當何曾不是武林裡的大派，仍然有人打它的主意。」

胡泰來忽然被觸動了神經，問陳覓覓：「如果有人要用真武劍威脅你師兄幹違心的事，你猜他會怎麼辦？」

陳覓覓沉吟道：「那要看什麼事了……真武劍是三豐真人留下的佩劍，對我們武當派意義重大，可以肯定任何一代掌門遇上這樣的問題都不敢大意，否則就是武當派的罪人。」

王小軍道：「比如說，余巴川用它威脅你師兄同意他進入武協常委，甚至是擔任主席呢？」

陳覓覓搖頭道：「難說，難說！」

王小軍提醒道：「咱們離開武當的時候有言在先，要找回真武劍的，看來也該提上日程了，我這就催催楚中石。」

王小軍剛掏出電話，恰逢一個來電打進來，正是楚中石打來的。

「楚兄，你是不是有好消息？」

楚中石神秘兮兮道：「不但是好消息，而且，我要送你一個天大的人情！」

王小軍嘿然道：「先說好消息是什麼？」

楚中石道：「明天，千面人將和他的上線街頭，時間地點我都知道，我還知道他的上線長什麼樣。」

「哦，那天大的人情又指什麼？」

楚中石道：「一會兒我給你一個地址，咱們見面詳聊！」

楚中石很快發來一個訊息，地點在一個賓館。

王小軍對江輕霞道：「那我們就走了，你們好好地蓋你們的大樓吧。」

江輕霞遺憾道：「本來我還想著再有幾日武協大會就要開了，你們在峨眉盤桓幾日，咱們一起啟程呢。」

王小軍道：「大會上再見吧。」

一行人來到楚中石說的賓館，找到房號敲了下門，楚中石探出半個身子把他們都拽了進來，緊張地看看身後有沒有人跟蹤，小心地關好房門。

王小軍斥道：「你神經兮兮的幹什麼？」

楚中石道：「明天千面人和他的上線會面也在這家賓館。」

王小軍道：「所以呢？」

「所以你們任何一個人都不能被他看見，否則就會前功盡棄。」

陳覓覓道：「到底是怎麼回事？」

楚中石道：「我也是無意中知道這件事的。」

王小軍道：「他的上線難道不是你的上線嗎？」

楚中石搖頭道：「不是——或者說，不知道，我的上線從沒跟我見過面，都是電話聯繫。」

王小軍詫異道：「你們居然沒見過面？說明你的上線不相信你啊。」

楚中石道：「做我們這一行，這很正常。」

陳覓覓問王小軍：「你猜會不會這個上線就是幕後主使？」

「難說。」

王小軍又問楚中石：「你所謂的這個上線跟千面人到底什麼關係？是他的主顧？朋友？還是別的什麼？」

楚中石道：「這個一會再談，先說說我的計畫吧。」

「你說。」

楚中石道：「我的計畫很簡單，因為我見過要跟千面人會面的這個人，所以我記得他的長相，我會把你易容成他的樣子去見千面人，這樣就完成了我們之間的承諾。」

王小軍道：「很完美，不過還是得回到剛才的那個話題──我該以什麼身分去見他？該跟他聊什麼？」

楚中石道：「這也是目前為止最大的一個問題，因為說實話我也不知道。」

眾人跌倒道：「什麼？」

楚中石道：「除了長相，我對這個人一無所知，別說他和千面人的關係，甚至他的年紀、職業、籍貫我也一概不知，所以就算你易了容，也可能在幾秒鐘的時間裡被識破，一個小舉動、一句話都會讓你暴露。」

王小軍苦笑道：「就算穿越，剛醒的時候還有個丫鬟在一旁給劇情提示呢，我現在是兩眼一摸黑啊。」

楚中石道：「沒錯，這就是你的處境，要想不敗露，只能靠你見機行事，我們有言在先，我只幫你見到千面人，這次我還額外送你一次易容服務。」

王小軍吐嘈道：「這次易容是我用十張圖換來的附加條件，這可算不上天大的人情。」

楚中石搖手道：「這你就錯了，你化裝成上線去見千面人，那上線本人怎麼辦？」

王小軍疑道：「說說你的辦法。」

楚中石道：「我會假裝千面人引開他，這就是我送你的人情。」

唐思思道：「可是千面人從不以真面目示人，你怎麼假裝呢？」

楚中石得意道：「你別忘了千面人只有聲音不會變，而我除了易容，還會學人口音。」

王小軍恍然道：「算你狠！」

楚中石嘿嘿笑道：「所以，你不會白讓我辛苦吧？」

「說好的是人情，你怎麼又談上條件了？」

楚中石道：「我幫你想出這個辦法就是人情，幫你易容是我欠你的，但是我的口技你總不能白用吧？」

「你想怎樣？」

「幫你們化裝和帶你們見千面人，你一共欠我二十張圖，這次之後，你把剩下的鐵掌三十式都教給我！」

王小軍爽快道：「一口價，這次事成，我給你廿三張圖，這樣加起來，鐵掌三十式你就會廿五式了。」

楚中石道：「好！」

王小軍道：「接下來你是不是要幫我化裝了？」

「沒錯。」楚中石馬上打開他的包，又在王小軍臉上鼓搗起來。這次和上次化裝的過程大同小異，楚中石十根手指靈活無比，一個逐漸陌生的人臉慢慢成型。

王小軍五體投地道：「你這兩手不比功夫好學吧？」

楚中石認真道：「當然，做神偷可不是單靠輕功就行的，論實力，我在神盜門裡起碼是前三的。」

王小軍笑道：「說你胖你還喘上了。」

楚中石化裝告一段落，端詳了一眼道：「差不多了，趁現在到明天還有時間，先定定型，有不足的地方我再補。」

王小軍照著鏡子，只見一個四十多歲豐神俊朗的中年人出現在鏡子裡，不禁道：「還是個老帥哥。」忽然道：「這副臉不會也是那人臨時易容出來的吧？」

楚中石道：「不會，對方若無誠意，千面人是不會跟他打交道的。額外送你一個建議——不要想著抓住千面人，就算你有這樣的想法也千萬別讓他看出來，否則我保證你這輩子再也別想有這樣的機會了。」

陳覓覓詫異道：「我們想找回真武劍，當然得抓住他了！不然為什麼千辛萬苦地去跟他會面？」

楚中石道：「那我不管。」

胡泰來道：「明天見面之前，我們事先埋伏在附近，四個人一起動手總比一個人把握大吧？」

楚中石警告道：「不要自作聰明，你們身上武人的氣質太強，千面人一見你們就會警覺。」

王小軍道：「那我怎麼辦？」

楚中石道：「你沒事，你身上沒有那種氣質。」

王小軍：「……」

楚中石道：「明天我會先替你們引開本主，王小軍等我消息再出現。」

暫別了楚中石，四個人在新開的房間裡商討具體細節。王小軍在鏡子前顧盼道：「楚中石沒見過幕後主使的話，我現在這個樣子，說不定就是那人的模樣。」

陳覓覓道：「這也正是我想到的。」她掏出手機對王小軍道，「轉過來，我多拍幾張，說不定以後能派上用場。」

王小軍一邊擺出各種姿勢，一邊又搖頭道：「這人年紀輕輕，不像有那麼高深武功的樣子，況且他敢隨意露面，肯定不是什麼武林名流。做千面人這一行的，不可能只有一個主顧，說不定這人只是讓他去偷個大鑽石、偷幅名畫什麼的。」

陳覓覓道：「總之這是個難得的機會，我們明天一定要抓住千面人！」

王小軍憂心道：「明天他必然不會隨身帶著真武劍，要是我們失敗了，以後再抓他可就難了。」

陳覓覓安慰他道：「先別想這些，只要盡力就好。」

唐思思忽道：「不行，這樣不行！」

眾人納悶道：「什麼不行？」

唐思思道：「小軍你聲音太嫩了，你看我爸、我大伯誰說話是這樣？」

王小軍心一提道：「沒錯，這人四十多歲了，我才廿一！」

胡泰來道：「就說感冒了。」

唐思思否決道：「感冒只能讓聲音沙啞，你見過騰格爾感冒了聲音變成張藝興的嗎？」

胡泰來焦躁道：「這可怎麼辦？難不成見了面剛打聲招呼就被人看出來？」

王小軍默然地走進浴室並關上了門，陳覓覓無奈地看了一眼唐胡二人，走到門口輕聲道：「小軍，你壓力也別太大了。」

就聽王小軍在廁所裡嘶聲裂氣地唱著：「亞拉索，那就是青藏高原——」

唐思思擔心道：「這人是不是崩潰了？」

胡泰來攤手道：「你覺得他會是那樣的人嗎？」

這時王小軍唱完高腔，又換了一首歌，荒腔走板地唱了起來，陳覓覓一愣之後忽然嫣然道：「我知道他的法子了。」

那一夜，王小軍在廁所裡把所有會的歌都唱了一遍，等他出來後，嗓子已經完全啞了，說起話來，聲帶裡就像填滿了瓦楞紙片，光聽聲音別說四十歲，就算他說他明天過八十大壽也有人信！

為了方便王小軍行動，其他三人決定另開一間房讓他獨住。胡泰來和唐思思走出去後，王小軍特意拽了一把陳覓覓，陳覓覓道：「你有事嗎？」

王小軍滿臉通紅道：「覓覓，我必須得跟你交代一件事，我和江輕霞之間發生過一個小插曲，就是……怎麼說呢，她說我們是姐弟，我也很認同這種關係，但是之前……」

陳覓覓諒解地道：「我明白，你們倆都至情至性，有些小曖昧也正常，但我相信你們都是磊落之人——再說，你在認識我之前做過什麼我才不管，我只要求你不要三心二意。」

王小軍嘿然道：「得。」

第二天，楚中石一早先來給王小軍補妝，說道：「千面人他們差不多這個時間也該到了，但是我不知道他們誰先到，如果是你的本主先來，那就一切好說，要是千面人先到，我們不曉得他會化裝成什麼樣子，那就複雜了。」

王小軍道：「所以呢？」

楚中石道：「所以咱們得有個分工，你先去顯眼的地方待著吸引千面人，我在一旁給你打掩護，如果先看到本主我就把他引開，這裡面千萬不能出丁點差錯。」

王小軍點頭道：「好。」他站在酒店樓上的天井裡向下瞭望，酒店大堂中間有一個玻璃餐廳，便道：「我就在那裡等著。」

楚中石拍拍他道：「一會兒無論發生什麼情況都不要失態，一切以我的手機訊息為準。」

這時陳覓覓他們也來了，楚中石交代道：「你們三個都是熟面孔，沒得到我的批准前誰也不許出現，因為不知道和你們擦肩而過的人中哪一個是千面人。」

王小軍下樓來到玻璃餐廳，找了一個面對著酒店大門的位置坐下，然後點了一份早餐。玻璃桌上映出他現在的樣子，王小軍不禁有點出神。

就在王小軍愣神的工夫，就聽門口的侍應生道：「先生裡邊請。」

他無意中一抬頭，頓時嚇得魂飛魄散——另一個他自己已經從門口走進來，並且大概也覺得這邊的位置不錯，大步地走了過來！

王小軍下意識地把頭低下，那人似乎也是一臉困惑，遲疑了片刻又繼續走來。

就在這時，一個瘦弱的漢子在那人肩膀上拍了一把，用尖細的聲音道：「跟我走，這邊。」正是千面人的聲音。

王小軍低著頭，心裡懊惱無比，他們精心策劃了兩天的行動，到頭來居然就這麼失敗了！楚中石哪裡去了？他為什麼沒有阻止那人進入酒店？

王小軍心有不甘地抬頭觀望，就見那瘦小的漢子把手搭在那人肩上往門口走去，同時回過頭來衝他眨了下眼睛。

王小軍驚詫莫名，愣了幾秒鐘之後才明白：這漢子原來就是楚中石改扮的。隨即恍然，楚中石自然也不會以本來的面目出現，他模仿千面人的聲音把自己要冒充的人引開，這事兒總算成功了一半。

想到這，不禁長出一口氣。

「有什麼有趣的事嗎？」一個小職員模樣的年輕人站在他的桌前，他斜挎著一個肩包，穿著廉價的西服，用有些淡然的神情問了一句。

「你？」王小軍下意識道。

「我。」年輕人已經在他面前坐了下來。

王小軍一個激靈，這年輕人，聽聲音正是千面人！

王小軍努力想裝出熟絡的樣子，可又不知道他和千面人之間當不當得起

「熟絡」這兩個字，於是也淡淡道：「你來了。」

千面人道：「看來我的易容術又精進了，居然連你都認不出，我是不是該得意一下？」

王小軍思索這句話，顯然兩個人關係應該是很親近的，但是接下來有一個很致命的問題馬上接踵而來：他完全不知道該跟千面人說什麼！

在沒有答案以前，他只能沒話找話道：「吃過了嗎？」

千面人卻道：「你嗓子怎麼了？」王小軍飆了一夜高音，這會兒聲音聽起來又沙又啞。

王小軍道：「鬧了一場病。」

千面人吃驚道：「以你的修為怎麼會鬧病？」

王小軍微微點頭，看來本主的武功不弱，這也是他見千面人的主要目的——儘量套取有用的情報，最好能套出幕後主使的名字。他也在用這個機會細細地打量著千面人，他有一張平庸的面孔，和那身衣服一樣普通，不過王小軍知道這只是他化妝出來的臉而已，看身形，千面人偏瘦，身量不高，然而這些也是可以用縮骨法改變的，只有放在桌子上的那雙手，十指修長，很是耐看。

千面人無意中掃了一眼王小軍面前的早點，冷不丁驚叫道：「你不是吃雞蛋會過敏嗎？」王小軍面前一片狼藉的餐盤裡，赫然有半個切開的雞蛋。

王小軍心一提，自打千面人出現，他就戰戰兢兢如履薄冰，沒想到千算萬算還是在這種始料不及的細節上出錯！

迎著千面人猶疑的目光，王小軍故意輕描淡寫地把那半個雞蛋撥在一邊道：「套餐裡帶的。」其實他已經吃了半個了。

千面人忽道：「你今天跟我說的話好像沒以前那麼多了。」

王小軍手托著下巴道：「最近煩心事多。」

千面人一怔，意興闌珊道：「這次我叫你來，是想把你讓我找的東西交給你。」

王小軍壓低聲音道：「得手了？」他自認這麼問沒毛病，千面人是賊，又用了一個「找」字，看來本主確實是他的主顧。

果然，千面人哼了一聲道：「我何曾失過手？這東西在我手裡已經很長時間了，你又不是不知道。」

他從肩包裡抽出一個四十多釐米，用黑塑膠袋裹著的長條形東西，低聲道：「交給你也好，為了這東西，武當派的人四處打聽尋找，而且陳覓覓和王小軍他們已經知道是我偷的了，那天在唐家堡，那個胡泰來居然認出我來了。」

王小軍的心猛烈地跳動起來，千面人說的，難不成是真武劍？他故意淡淡道：「他們怎麼知道真武劍在你手裡？」

千面人嘆了口氣道：「那天我在武當冒充苦孩兒的事兒是瞞不住的，加上我的聲音又這樣，只要是同行就知道是我幹的了，好在武當派再厲害，不知道我的真面目想找我也是難比登天。」

王小軍伸手道：「給我。」千面人後面的話，他只是恍恍惚惚地聽了個大概，想不到那長條物就是大名鼎鼎的真武劍！

千面人往前一遞，王小軍喜形於色，千面人突然往後一撤手，王小軍拿了個空，不禁一驚。

千面人譏誚道：「瞧你高興的那個樣子，這東西到底哪裡好？」

王小軍嘿然道：「辛苦你了。」

千面人把一根手指放在臉蛋上，促狹道：「不行，不能就這樣給你，用你的秘密來換。」

王小軍五內俱焚，只得強顏歡笑道：「我有什麼秘密？」

千面人正色道：「你說武當派有一個天大的醜聞，這些天你都在搜集證據，這醜聞到底是什麼？」

王小軍張大了嘴，武當派？天大的醜聞？這可比真武劍更讓他震撼，現在他也無比想知道是什麼。

千面人見他發愣，不悅道：「你不說，我就不給你真武劍。」

「武當……醜聞……」王小軍現在要在極短的時間裡編出一個讓人信服的「醜聞」，他兩眼放空想了片刻，忽然正色道：「你知道嗎，武當派的大弟子周沖和其實是個女的！」

千面人瞟了王小軍一眼道：「胡說八道，再說這算什麼醜聞？」他揮手道：「算了算了，不說算了，反正把劍給你也是老大同意了的。」

和千面人見面不過幾分鐘，龐大的信息量幾乎把王小軍搞懵了，「老大」兩個字更是把王小軍刺激地幾乎跳起來。「老大」十有八九就是蒙面人！

王小軍強作鎮靜，假意隨口問道：「你說老大的真名叫什麼啊？」

這麼問是有風險的，因為他不知道他和千面人之間、還有「老大」之間到底是什麼關係，但是他想：圍繞著一個陰謀臨時組成的小隊，彼此應該不會有很深的瞭解。

果然，千面人一笑道：「他那種人，真名只怕連自己也忘了吧。」

王小軍道：「那我的真名你沒忘吧？」

千面人看著王小軍道：「你今天說話怎麼奇奇怪怪的？」

王小軍怕他起疑，又一伸手道：「把劍給我吧。」

千面人拿住長條物的一頭遞了過來，王小軍抬手去接，千面人卻又把它移向了一邊，王小軍微微警覺，卻見千面人臉上帶著調皮的笑，似乎是戀人之間在打鬧玩笑，王小軍冷不丁探手，用掌緣一磕那包裹，隨即用五指牢牢抓住拉了過來，這一下既用了陳覓覓教他的揉手暗勁，又有鐵掌的威猛霸道，王小軍生怕夜長夢多，所以先把真武劍搶到手再說。

千面人東西脫手，本來還帶著些許笑意的臉上忽然變色道：「你用的是什麼功夫？」隨即又道，「後面那一手不像是你的風格。」

王小軍心中略定，嘿嘿一笑道：「最近我跟別人學了幾招。」

千面人撇嘴道：「好好的本門武功不學，學什麼亂七八糟的？」

王小軍知道從千面人嘴裡很難再套出有用的情報，好在真武劍已經到手。忽見陳覓覓、胡泰來、唐思思分別從三個方向慢慢靠近餐廳，看來他們終究還是按捺不住了。

就在這時，千面人忽然隔著桌子用雙手握住王小軍一隻手，王小軍以為敗露，神情一緊就要反抗，卻聽千面人柔情款款道：「這件事過後，我們真的能在一起吧？」

王小軍愕然，緊接著雞皮疙瘩起了一身，對面明明是個男人，怎麼突然說出這種話來？不過他從剛才就一直有這種感覺，千面人對「自己」儼然就是一個撒嬌的小情人，想不到大名鼎鼎的千面人是一個「Gay」，王小軍心裡發堵，下意識地抽回了手。

陳覓覓隔著玻璃門以為他們動上了手，快步向這邊跑來。胡泰來堵在後門，唐思思則在一邊壓陣。

千面人低聲對王小軍道：「有人來了，不過他們是衝我來的，一會兒你先走，不要管我。」說完這句話，他霍然起身，迎著陳覓覓走了上去，兩人很快在餐廳裡的過道上相遇，千面人在即將和陳覓覓接觸之前，忽然身形一動，躍過身邊的桌子和食客，到了另一條過道上。

陳覓覓全神戒備，這時也瞬間跳到了他面前，堵著他的去路。千面人身形再動，驟然上了一張餐桌，然後拔高，居然掠上了餐廳正中的吊燈。

那燈距離地面足有六七米。陳覓覓自知無此輕功，心念一動，飛快地跑向大門，然而千面人利用居高臨下的優勢，像隻大鳥一樣滑翔而下，搶先一步到了門口。

千面人轉身而出，這時唐思思正緊張兮兮地把手伸在小包裡，她和千面人面對面，在距離如此貼近之下，渾然忘了該怎樣攔截對方。

千面人悠然地從她面前經過，冷不丁把臉湊上來提鼻子聞了聞，笑嘻嘻道：「小妞，挺香的啊。」

陳覓覓追出來時，千面人已經杳然不見，只剩下一個人發愣的唐思思。

陳覓覓叫道：「思思，沒事吧？」

唐思思這才回過神來道：「哦，沒事。」

陳覓覓懊惱道：「還是讓他給跑了！」

王小軍隨後而來道：「咱們已經盡了力了——」他晃了晃手中的包裹道：「至少，真武劍回來了！」

「這就是真武劍？」胡泰來和唐思思又驚又喜。

「走，回去說。」

·第九章·

武協大會

四人下了車，信步往裡走，就見廟門口擺著一張供桌，一個不到二十歲的小和尚站在桌後，雙目微閉，似乎是睡著了。幾個人上臺階到了近前，這小和尚忽面無表情道：「幾位是來參加武協大會的嗎？」

幾個人回到房間，王小軍一邊把臉上的東西都撕扯下來，一邊拿出那個長條包裹，他想了想交給陳覓覓道：「還是你來看吧。」

陳覓覓也十分緊張，小心翼翼地拆開那些塑膠袋，裡面露出一把四十釐米左右的短劍來，劍鞘、劍柄無不斑駁，顯示出歲月的磨礪。

王小軍迫不及待地抓住劍柄將短劍抽出，劍刃上也到處是微小的坑點和鏽跡，王小軍不禁失望道：「我還以為寶劍出鞘得多奪目呢，合著時間長了也鏽。」

他用大拇指試了試鋒利度道：「而且這劍都沒刃了，瓜都切不了。」

陳覓覓一把奪過來插進劍鞘，無語道：「誰會用宋朝的劍切西瓜？」

王小軍道：「我是說，不會是假貨吧？」

陳覓覓瞪了他一眼道：「不是！」找回真武劍，總算了了她最大的一樁心事。

胡泰來道：「小軍快說說，你跟千面人聊了那麼久，都說什麼了？」

王小軍沒來由地嘆了口氣道：「從哪說起呢？」

唐思思道：「我想知道跟千面人見面的、也就是你扮演的人是誰？」

王小軍道：「不知道。」

唐思思詫異道：「你們聊了這麼半天，居然還不知道你在冒充誰嗎？」

王小軍反問道：「你知道為什麼嗎？」

「為什麼？」

王小軍道：「因為千面人和這個人很熟。」他想了想又補充一句，「是非常熟！」

唐思思道：「所以呢？」

王小軍道：「只有兩個特別熟的人在一起聊天才不會談到彼此的姓名，所以我仍是不知道我到底扮演了誰。」

胡泰來道：「既然兩個人這麼熟，你竟然沒有暴露也是奇蹟了」

王小軍又道：「你知道為什麼嗎？因為千面人是個『Gay』！他和我的本主不是朋友也不是雇傭關係，而是一對同志！」

「啊？」在場的人都大吃一驚。

王小軍點頭道：「沒錯，愛情容易讓人昏頭，如果是普通朋友或者是交易關係，千面人早就該發現我是冒牌貨了。」

唐思思忽道：「也有可能千面人壓根就是個女人！」

眾人一起道：「你怎麼知道？」

唐思思道：「我跟他近距離接觸的時候，發現他有耳洞。」

王小軍道：「那是因為他時常有扮演女人的需要。」

唐思思搖頭道：「你一定不知道這世界上還有夾式耳環，卡在耳朵上就行。」

陳覓覓道：「不管男女，我更好奇能降服千面人這種人的，到底是什麼人？」千面人在她面前輕鬆逃脫，陳覓覓對他的輕功十分佩服。

王小軍道：「只能確定兩點：一，這人武功不錯，二，他和千面人還有蒙面人是一夥的。」

王小軍細細回想，忽然道：「千面人談及蒙面人時說過一句話，他說『他那種人，真名只怕連自己也忘了吧？』『他那種人』是指什麼人呢？」

陳覓覓沉吟道：「說明是平時不用真名的人……」她冷不丁道：「和尚！」與此同時，胡泰來說的卻是「道人」。

王小軍道：「看來這位幕後主使是位出家人。」

唐思思道：「也未必哦，像千面人這種做賊的，也很少用真名。」

王小軍攤手道：「這已經是我這次最大的收穫了。」他無奈道，「楚中石說的是對的，想抓千面人幾乎是不可能的，要不是瞎貓碰上死耗子，真武劍也到不了我們手。對了，你們武當派有什麼『天大』的醜聞嗎？」

陳覓覓被他這麼突然一問，莫名其妙道：「什麼意思？」

王小軍道：「千面人說我的本主在調查武當派的一件醜聞，說得有鼻子有眼的，不過他也不知道具體是什麼。」

陳覓覓皺眉道：「這……這是從何說起？」

唐思思好笑道：「武當派最近最大的醜聞，無非就是小聖女一朵鮮花插在了牛糞上吧？」

陳覓覓憂心忡忡道：「這些人先盜了真武劍，現在又去搜羅什麼醜聞，他們為什麼處處針對我們武當派？」

王小軍忽然道：「對了，我的本主很有可能也是武當派的，千面人在見識了我用揉手之後並沒有意外，說明這人起碼會武當功夫。」

陳覓覓凝神回想，緩緩搖頭道：「我自幼在武當山上長大，從沒見過你扮的這個人。」

這次和千面人交手雖然沒得到什麼實質性的內幕，但好在真武劍到手，而此時距武協大會開幕還有五天時間。也在這時，王小軍才發現一個很重要的問題：他們壓根不知道武協大會在哪開——

王小軍拿出那張武協的帖子在燈下端詳了半天，上面既沒有地址，也沒有電話，王小軍喃喃自語道：「難道得泡在水裡，或者是塗點碘酒？」

胡泰來道：「這是武協的帖子，又不是邪教的秘密據點。」

唐思思道：「費這心幹嘛，直接問江輕霞就好了。」

王小軍猶疑道：「有點丟人吧，都是去參加大會，咱連地方也找不著。」

就在這時，胡泰來忽然接到一條簡訊，瞧了一眼道：「來了來了。」

「什麼來了？」眾人湊上去一看，只見簡訊上寫著「經祁青樹推薦，您獲得參加武協大會的資格，請於×年×月×日到少林別院報到」，後面是一個詳細的地址。

「可能這是武協的規矩，開會前幾天才通知地點。」王小軍掏出手機道：「我看有人給我發訊息沒。」

陳覓覓手機一響，也來了一條簡訊，內容是「歡迎您參加武協大會，請於×年×月×日到達逸雲度假山莊報到。」

陳覓覓納悶道：「怎麼地點不一樣？」

仔細一看，日期也不一樣，胡泰來的報到日期比陳覓覓的早了兩天，也就是說，他需要在三天內到達少林別院，不過這兩個地方倒是都在河南，而且應該離著不遠。

王小軍怪道：「怎麼還有分會場？」

四川距河南千里迢迢，要是開車的話，現在就要動身了，眾人決定這就退房出發。

上路後，依然是王小軍開車，路過一個加油站的時候，陳覓覓趕忙道：「加油加油，別搞得上次一樣關鍵時候掉鏈子。」

胡泰來和唐思思分別上洗手間，王小軍負責加油，陳覓覓去附近買水，她把重重包裹的真武劍放在副駕駛座上，特意向王小軍打了個手勢，王小軍點點頭。這東西在車上搞得人人緊張，生怕有失。

加完油後，王小軍掏出錢包付帳，一個穿制服的女員工忽然貼近車子向車內張望，王小軍神經一緊，立刻抓起真武劍，警惕道：「你幹什麼？」

那女員工卻只是微笑比劃著，另一個員工道：「她是啞巴，想問你要不要地圖？」

王小軍揮揮手，陳覓覓上車後，他趕緊把真武劍塞給她，並指了指那女員工道：「你看那個人。」

「怎麼了？」

「你覺得她像千面人嗎？」

陳覓覓失笑道：「你發什麼神經？」

王小軍道：「她是個啞巴。」

陳覓覓頓時不說話了，千面人也知道自己聲音是硬傷，所以絕不會自曝其短，這時候身邊出現啞巴就太讓人起疑了。

胡泰來道：「咱們是不是有點草木皆兵啊？」

王小軍苦笑道：「帶著這個燙手的山芋，不草木皆兵也不行啊。」

也不知是不是心理問題，一路上四個人總覺得有人在虎視眈眈地盯著自己。

從休息站出來，王小軍揉著太陽穴道：「再這樣下去，咱們非瘋了不可！」

陳覓覓也深覺困擾道：「那你說怎麼辦？要不找個快遞送回武當山？」

王小軍搖頭道：「首先，你這東西是管制刀具，一般快遞肯定不給你送；二來，你放心嗎？你把它交給快遞就相當於間接給了千面人。」他忽然眼珠一轉道：「除非……」

陳覓覓道：「除非什麼？」

王小軍問胡泰來和唐思思道：「誒，你們還記得咱們有次逛古城遇上一家鏢局嗎？」

陳覓覓詫異道：「現在還有鏢局？」

王小軍得意地說：「外行了吧？當時那人怎麼說來著？現在一般都叫安保公司，不過性質是一樣的——」他掏出錢包在裡面翻著各種小卡片，冷不丁道：「居然還在！」

他拿起那張寫著「隆興安保」的名片撥通了電話，直接問道：「你們在四川有分店嗎？」

沒多久，一個大鬍子開著輛吉普車風風火火地趕到了，打量了幾人一眼道：「是幾位要送件嗎？」

王小軍道：「沒錯。」

大鬍子見他們年紀輕輕身無長物，懶洋洋道：「咱們有言在先，我們公司可不是普通快遞。」

王小軍笑道：「明白，都是武林同道才會找貴鏢局幫忙。」

大鬍子聽他這麼說，神色果然暖了幾分，問道：「幾位莫非是要去參加武協大會？」

王小軍幾人面面相覷，想不到一個快遞小哥也知道武協大會，陳覓覓好笑道：「你是怎麼知道的？」

大鬍子渾不在意道：「很正常，每年武協大會前後都是我們公司最忙的時候，很多武林同仁的兵器不方便攜帶，只能找我們這樣的公司來替他們送去，今年武協大會在河南開，這幾天我們已經走了好幾批兵器了。」他看看錶道，「今天發件的車還沒走，你們要是有件要走，還能按批發價算。」

王小軍好奇道：「什麼價格啊？」

大鬍子道：「那要看你具體是什麼兵器了，要是尋常的刀劍，幾百一千也能走，要是『金刀王家』王老爺子那把純金打造的金刀，我們可就得派專人專車護送，價格就貴了。不過不管貴賤你們都大可放心，峨眉派姑娘們的佩劍每年都是由我們公司護送的，從沒出過差錯。」

陳覓覓道：「我要保的這東西，也需要你們派專人專車護送。」

大鬍子斜眼道：「小姑娘，牛可不好亂吹呀，我是看你們像武林同道才跟你們聊了這麼半天，你要逗大哥玩就不厚道了。」

王小軍介紹道：「她不是普通小姑娘，她是武當小聖女，龍游道人的關門弟子。」

大鬍子大吃一驚，下意識地後退了一步，恭敬道：「見過陳姑娘。」

陳覓覓一笑道：「好說，大哥貴姓？」

大鬍子連連搖手道：「不敢不敢，賤姓任，江湖綽號攆山狗，我師父和貴派靈風道長是至交好友，算起來我還低著陳姑娘一輩。」

靈風是大名鼎鼎的武當七子之一，陳覓覓要叫師兄，這大鬍子輩分倒是搞得很清楚。

陳覓覓道：「任大哥，我要送的這件東西對武當事關重大，希望你能重視，價錢好說。」

大鬍子期期艾艾道：「不知……方便直言嗎？」

陳覓覓道：「乃是武當的鎮派之寶真武劍。」

大鬍子倒吸了一口冷氣，隨即正色道：「如陳姑娘所願，我一定把寶物安安全全地送到武當山。」

王小軍道：「得多少錢啊？」

大鬍子擺手道：「什麼錢不錢的，這趟鏢要是保成了，那是我們隆興鏢局的臉面！」

王小軍道：「任大哥還是說個實價吧，你越這樣，我們心裡越沒底。」

大鬍子猶豫再三，吞吐道：「就給兩萬吧。」

「你──」王小軍幾乎已經跳了起來，陳覓覓一把按住他，微笑道：「價格公道，保了！」

大鬍子道：「陳姑娘果然爽快。」

陳覓覓道：「但是需要貨到付款……」

大鬍子咬牙道：「沒問題，難道我還信不過堂堂的武當派？」

陳覓覓把千包萬裹的真武劍遞過去道：「不過咱們有言在先，這東西到武當之前，我希望它保持原封不動。」

大鬍子拍胸脯道：「這你放心，我們也有我們的規矩，就算你保一萬根牙籤，到地方後也絕對一根不會多，一根不會少。」

王小軍小聲嘀咕道：「誰家大少爺這麼有錢，保一萬根牙籤兒──」

陳覓覓鄭重託付道：「那就拜託了。」

大鬍子取了件，又開著他的吉普風風火火地走了。

王小軍看著他的車走沒影了才幽幽道：「早知道你這麼敗家，就不讓你找鏢局了，兩萬塊給我多好?!」

陳覓覓笑道：「反正是我師兄買單。」

胡泰來皺眉道：「找鏢局就一定安全嗎？」

唐思思道：「武當派的鎮派之寶，他們應該知道利害，會上心的吧？」

胡泰來狐疑道：「難說，千面人最難對付的地方就是讓人防不勝防，就怕路上有什麼閃失。」

唐思思瞪他一眼道：「淨說喪氣話！」

王小軍甩著手道：「不管怎麼說，現在是無劍一身輕，咱們再也不用怕啞巴靠近了。」

雖說從四川到河南路途不近，不過三天時間也綽綽有餘，幾個人開著車，一邊趕路一邊遊山玩水，在胡泰來應報到日的當天上午，終於到了河南境內。

王小軍這幾天一直在等武協的簡訊，結果一直到現在也沒動靜，他一邊開車一邊耿耿於懷道：「就算我爺爺人走茶涼也不用做得這麼過分吧，開會連個招呼也不打。」

胡泰來寬慰他道：「武協的帖子發到鐵掌幫就是給你爺爺的，有簡訊也是發給你爺爺，你跟武協以前沒有交集，人家怎麼知道你想來？」

這時陳覓覓道：「咦，這路怎麼越開越熟了？」

王小軍道：「你以前來過？」

陳覓覓看著路兩邊，想了想道：「還真來過，前幾年，我跟我師兄恰好路過河南，他說既然路過，不去拜訪一下少林方丈以後讓人挑理，來的就是這裡。」她恍然道，「我明白了，所謂的少林別院其實才是少林派的大本營，至於嵩山少林寺，那只是宗教名勝和旅遊景點。」

說著話，他們來到一座大廟前，這廟宇看牆壁也是日久年深，氣勢恢宏，只是地處偏僻，一副不太接納信眾香火的樣子。

四人下了車，信步往裡走，就見廟門口擺著一張供桌，一個不到二十歲的小和尚站在桌後，雙目微閉，似乎是睡著了。

幾個人上臺階到了近前，這小和尚忽面無表情道：「幾位是來參加武協大會的嗎？」

王小軍道：「對。」

小和尚依舊平靜如水道：「請出示簡訊。」

胡泰來打開那條訊息道：「你說的是這個嗎？」

小和尚掃了一眼，隨即讓開半邊身子道：「施主裡邊請。」

王小軍想順勢跟著走進去，不料小和尚擋在他面前，伸手道：「簡訊。」

王小軍赧然道：「沒……沒給我發……」

小和尚嚴格把關道：「沒有簡訊者不得擅入。」

王小軍又羞又惱道：「憑什麼？我們大老遠來的，你說不讓進就不讓進啊？」

小和尚眼皮也不抬道：「每年武協大會這樣的事多了，總有無聊好事之徒想要渾水摸魚，這是武林人士的盛會，不是誰想看熱鬧就能看的。」

王小軍氣結道：「你……」

陳覓覓拽了他一把，討好道：「小師父，行個方便吧，我們不是無聊好事之徒，這是鐵掌幫的王小軍，這一位是唐門的大小姐，都是真正的武林同道。」

小和尚道：「你有簡訊嗎？」

陳覓覓只好把手機給他看，小和尚掃了幾個字之後，神情馬上一變，恭敬道：「原來姑娘已是武協的正式會員，那請移步逸雲山莊，這邊是武協新會員考核的地方。」

他這麼一說，幾個人頓時明白了——難怪胡泰來和陳覓覓收到的地點不同，原來正式會員和待考核會員是分開的。

陳覓覓十六歲就入了武協，所以享受的是會員待遇；祁青樹則早就籌備讓胡泰來這次加入武協，所以胡泰來是以考生的身分先到少林接受考核。說白了，武協類似會員制，門檻很高，人家自然不會把阿貓阿狗都放進去。

陳覓覓道：「小師父，這兩人真是如我所說，你看能不能通融一下？」

小和尚遲疑道：「那……我怎知是真是假？」他隨即道，「這樣吧，既然都是武林同道，那請兩位露一手功夫，日後師長問責起來，我也好有個交代。」

唐思思怯怯道：「還得露一手啊？」她對自己的這點道行可沒把握。

小和尚道：「以前有人誤刪了短信，也是用的這個辦法。」說著一指門口的一個大木樁子。

王小軍抹胳膊擼袖子道：「說吧，是要劈成段還是劈成條，你要什麼樣的？」

小和尚道：「施主既然是練掌的，只需在上面留個掌印即可。」

唐思思心虛道：「那我呢？」

小和尚道：「唐門善發暗器，姑娘在十步之外將暗器打在這個圈裡就行。」說著，用記號筆在木樁子上畫了個圈。

「我先來！」唐思思走下臺階，數了十幾步，她把手伸進小包，凝神觀望鼻尖冒汗，胡泰來道：「思思，別緊張！」

唐思思冷不丁出手，一顆鋼珠嗖的一聲釘進了木樁，足有半顆球身陷了進去，論力道是沒問題，可是那顆鋼珠恰好釘在那個圈的邊線上，既不算進去，也不算出界。

小和尚道：「姑娘不妨再打幾發。」

唐思思似乎是早有準備，這時雙手連擲，隨著砰砰聲響，那些鋼珠圍繞小和尚畫的圈形成了一個新的圈，而且顆顆壓線，整齊劃一，就像有人仔細量著尺寸把它們砸進去的。

小和尚點頭道：「姑娘好手法，你可以進去了。」

王小軍朝唐思思招手，把她叫到近前，接過她的小包支在木樁邊上，用手掌輕輕一拍木樁頂，那些鋼珠嘩啦一聲掉進小包裡，木樁頂上也留下一個淺淺的手印。

「這叫回收利用。」王小軍笑嘻嘻道。

小和尚道：「阿彌陀佛，幾位裡面請吧。」

幾人進了大門，才發現裡面是好幾重院落，另一個小和尚例行公事道：「隨我來。」

他把眾人帶到第二重院子裡，隨手一指其中一間瓦舍道，「幾位請先裡面稍事休息，午後第一次考核正式開始。」

進去一看，屋子是一間斗室，擺著一張茶几，圍著一圈木凳，除此再無他物，果然是個臨時休息的地方。

唐思思搓手道：「聽小和尚話裡意思，除了第一次考核之外還有第二次考核，也不知究竟考什麼？」

她這麼一說，胡泰來也有點緊張了，他問陳覓覓：「覓覓你知道嗎？」

陳覓覓擺手道：「我沒參加過考核。」

王小軍道：「對，覓覓是『六大』的人，不用參加考試，等於是被保送入學的。」隨即不滿道：「我也是『六大』的啊，怎麼連門都差點進不來？」

陳覓覓道：「那是因為你爺爺消失後，無人主持鐵掌幫工作，自然也就無法保送你們了，咱們這次來不就為了這事兒嗎？也不知考核要幾天，看來六大派的掌門都會在逸雲山莊，咱得抓緊時間在正式大會之前去和他們會面。」

這時，胡泰來聽門外似乎有人在交談，走到門口一看，驚喜道：「武兄，你也在這？」

院子裡疏疏散散站了十來個人，年紀都不大，個個精氣神十足，看來都是跟他們一樣來參加考試的，而張庭雷的弟子武經年大武赫然在列。雖然他們跟大武以前有過多次不快，不過如今已經化敵為友，在異地相逢，更是分外親熱。

胡泰來拉著大武的手道：「武兄，你也是來參加武協考核的嗎？」

大武道：「是的，沒想到你們也來了。」他拽著胡泰來道，「給你介紹幾個剛認識的朋友。」

原來大武比胡泰來早來一天，認識了不少新人，這些人跟他和胡泰來的情況差不多，都是江湖上的後起之秀，被各自的師父或者門派推舉前來考試，希望由此成為武協的正式會員。

大家出身經歷相同，惺惺相惜又都是年輕人，很快打成了一片。不過當介紹到王小軍時，眾人對於「鐵掌幫」三個字卻沒什麼概念。

眾人正聊得興高采烈，一個二十五六歲、一身白衣的青年眼望天空，冷言譏誚道：「奉勸各位不要高興得太早，武協考核非常嚴格，最多也只錄取一半，也就是說，咱們這些人裡，頂多有一半能成為正式會員，剩下的，連武協大會的門都進不去就被打回原處，日後江湖相見，還能這麼把手言歡嗎？」

他這句話說完，其中一個大漢尷尬道：「我就是參加了三次考核都沒過，那又怎樣？」

那青年悠悠道：「所以讓你別太興奮，他們今天和你親熱，過了今天，大家分道揚鑣，以後見了你還會這麼對你嗎？」

那大漢怒道：「你是說我這次也過不了考核？」

那青年背著手道：「也有可能是他們過不了，或者你們都過不了，這誰能說得準呢？」

王小軍疑道：「這喪門星是誰呀？」

武經年小聲道：「他叫丁青峰，有個綽號叫『點蒼神劍』，是年輕一代裡享有盛名的劍客，為人有點傲。」

王小軍道：「哦，耍劍的啊。」

午後，又有小和尚通知眾人在院子裡集合，除了這個院子裡的考生之外，別的院子裡的考生也聚集過來，呼呼啦啦的有四十多人。

兩名三十多歲的大和尚已經等在那裡，小和尚介紹道：「這兩位是這次考核的主考官，圓通師父和匯通師父。」

匯通不苟言笑道：「各位考生，下面要進行的是初試，根據你們所練功夫種類的不同，相應考試的內容也不同，今天項目不過者，一律淘汰。」

那個跟丁青峰嗆聲的大漢聽到這裡不禁一顫，看來是心有餘悸。

匯通回頭對小和尚道：「登記。」

小和尚手裡拿著一張表格，從第一個人開始登記，問題也很簡單，無非是姓名、門派、所練功夫種類。

前幾個年輕人按部就班地登記好了，輪到丁青峰時，小和尚照例問道：

「姓名。」

「丁青峰。」

「門派。」

「點蒼。」

「功夫種類。」

丁青峰橫了小和尚一眼，不滿道：「我綽號叫點蒼神劍，你說我練的什麼功夫？」

滙通沉聲道：「問什麼就答什麼，不要耽誤時間！」

丁青峰被嗆了回來，悶聲道：「劍術。」

剩下的人都問過後，小和尚見陳覓覓一直躲在人後，問道：「那位姑娘，你叫什麼，練的什麼功夫？」

陳覓覓道：「小師父誤會了，我不是來參加考試的。」

「那你……」

陳覓覓道：「我是武當派陳覓覓，是和朋友一起來的。」

那大和尚圓通道：「原來是陳姑娘大駕光臨，失禮了，請到後面看茶。」

陳覓覓忙擺手道：「不必了，我在這裡看看就好。」

其他人見陳覓覓年紀輕輕，圓通居然對她如此客氣，均不明所以。

丁青峰冷笑道：「人家是武當派的，屬於六大門派之一，所以不用參加這種考試就已經是武協的正式會員，嘿嘿，有特權就是好啊。」

唐思思不滿地說：「這人真討厭！」

陳覓覓只是一笑而過，推己及人，她也知道自己這種情況容易引起別人的不忿，所以也不好多說。

匯通道：「下面先考核的是練拳掌功夫的，相關人等站成一列。」王小軍和胡泰來便都出去站隊，這四十幾個新人中，倒有九成都是練拳掌的。

小和尚搬上來兩件東西，頭先是個不倒翁，高度大約到成人胸口的位置，第二件是個平平無奇的木樁，匯通道：「我來說一下規則，凡是練拳的都去打不倒翁，要求將不倒翁打倒，頭部觸地即算過關。練掌的要求在木樁上留下掌印，深淺均可。」

第一個上場的就是那個三年不過考核的大漢，他練的是拳，於是徑直走到那不倒翁面前。這個不倒翁做工精良，全身都由皮革包裹，而且彈性十足，凡是被人觸碰過，只微微一晃就恢復靜止不動的狀態，顯然要把它打歪已經很不容易，更別說頭部觸地了，這就要求練功者內外兼修，剛柔並濟。

那大漢先苦著臉繞著不倒翁轉了幾圈，抬頭問匯通道：「大師，有幾次機會啊？」

匯通道：「一次。」

大漢小心翼翼道：「我能先練習一下嗎？」

匯通大聲道：「不行！」

胡泰來看不過去，走到大漢身邊，小聲道：「老兄，你打這人偶的肩頸處，或許成功的機會大一些。」

大漢愣了愣，道：「好！」他鄭重其事地退後了半步，咬牙切齒地運起了功，猛的一拳打在不倒翁的肩頸處，不倒翁「嗚」的一聲倒下，向前滑了幾米之後又猛地立起，只微微搖晃了幾下就靜止下來。

眾人齊齊低呼，小和尚跑上前在地上細細查看，指著一處白色印跡道：「不倒翁頭部觸地，考試通過。」原來那不倒翁的頭部裹著一層白陶，只要觸地就會留下印跡。

那大漢打完一拳氣也不敢喘，這時聽說考試通過，興奮得大叫一聲，抱住胡泰來又跳又喊道：「多謝，多謝你啦！」

這時木樁前的小和尚道：「王小軍，請上前考試。」

王小軍也對那個不倒翁充滿好奇，聽說輪他考試，隨隨便便地走到木樁前把手一按，留下個掌印，然後又回去研究不倒翁去了。

小和尚見王小軍上來繞了一圈就走，以為他自暴自棄放棄了考試，待見木樁子上清楚的一個掌印後，結結巴巴道：「王小軍……考……考試通過。」

王小軍得瑟地衝四下抱拳，隨即問胡泰來：「老胡，你有把握吧？」

不一時輪到胡泰來，他朝王小軍點點頭，霍然一拳打在不倒翁的頭部，那不倒翁底部離地高高飛起，接著滾倒在地，頭部在地上擦出長長一道白痕才立起，眾人一起鼓掌，大家都是練武之人，明白擊打頭部受到的反彈力最大，如此還能成功，說明拳力極強。

丁青峰陰陽怪氣道：「考試就好好考試，顯擺什麼嘛？」

拳掌類的考試完畢，小和尚搬上兩隻箱子，開始佈置起來。

滙通道：「下面進行的是暗器類功夫的考核，規矩很簡單，考試者需打破道具之後的氣球而無傷道具。」說著伸手一指，隨著小和尚們的佈置，院子當中擺了一張桌子，桌子上擱了一塊玻璃板，玻璃板上有個直徑約有不到四公分的孔，孔後面則是一隻小小的氣球。

小和尚在距離玻璃板十多米的地方畫了一條線，大聲道：「考試者站線上後發射暗器，玻璃板如有破碎即為失敗。」

這個考試考的是考生的準度力道，規則簡單明瞭，四公分的孔說小不小，但在十米外看無非就是一個圓點，難度可說並不小！

第十章

退出江湖

王石璞淡淡道：「親兄弟就不要明算帳了，還有，退出江湖的話我也不是說說而已，但是既然你還想搏一把，那我也不能阻止你。」

王小軍道：「明白，那我現在就去找六大派的掌門，商量武協主席一位的順延問題。」

考核暗器的加上唐思思一共是四個人，另外三個聽說她是唐門大小姐，都用朝聖一樣的目光看著她，唐門雖然沒落了，但在暗器界還是公認的老大，這是毫無疑問的。

唐思思手心冒汗，她所用的鋼珠是九毫米的，也就是說將近一公分，這就要求她出手後，鋼珠要精準無比地通過圓孔中心才行，誤差絕不能超過一點五公分，否則就會撞碎玻璃，在十米之外，要打出這樣的準度，對任何人來說壓力都不小。

唐思思是最後一個，前兩個都順利通過，唐思思全身緊繃，一個勁地嘀咕：「壓力大啊。」

她要是不過，丟的可是唐門的人。

王小軍道：「思思，把你的鋼珠給我一顆。」

唐思思隨手掏了一顆給他，這時匯通道：「唐思思上前考試。」

唐思思緊張道：「怎麼辦？」

王小軍神色古怪地說：「要是再給我十幾分鐘就好了。」

唐思思手捏一顆鋼珠站在線上，手腳冰涼渾身哆嗦，這樣子別說考試，不把鋼珠扔到院外頭就算不錯了。

就在這時，前門的小和尚忽然跑進來道：「稟告師叔，門外又來了兩位考試的施主。」

圓通道：「讓他們進來。」

唐思思自然而然地停下了手，巴不得多挨一刻是一刻。

隨著腳步聲響，有人走了進來，前面是一位姑娘，身段玲瓏，衣著得體，透著一股英姿颯爽的氣質，王小軍張大了嘴：「青青？」原來正是段青青。

後面一個青年樣貌俊朗，但是一看就是一副不太好相處的樣子，這回則是唐思思張大了嘴：「大哥？」

竟是唐缺。

段青青見了王小軍咯咯一笑道：「二師兄，你怎麼跑到少林寺來了？」

王小軍道：「我還沒問你，你怎麼知道這裡的？」隨即又道，「是我爸還是大師兄來了？」

王靜湖和王石璞都是武協會員，段青青既然能找到這裡，說明肯定是這兩人中有人告訴了她武協的事。

段青青道：「大師兄已經到逸雲山莊去了。」

王小軍點點頭：「所以你是來考試的嗎？」

「沒錯，我也要加入武協。」

王小軍看看唐缺道：「這人你是怎麼碰上的？」

段青青撇嘴道：「門口遇到的。」唐缺大鬧鐵掌幫的時候段青青見過他，自然不會對他有好臉。

王小軍道：「看來缺兄也是來考試的。」

圓通冷著臉道：「你們以後再敘舊，既然來了，先行考試！」

段青青只好閉嘴，有小和尚過來幫她和唐缺登記了資料，圓通對唐思思道：「新來的段姑娘要參加拳掌類功夫的考核，只是這個考試已經結束，你願意讓她插個隊嗎？」

唐思思巴不得道：「願意願意！」

小和尚又把木樁子搬上來，段青青對唐思思道，「思思別急，我一下就好。」

王小軍把她拽住，低聲道：「別啊，我們現在需要你拖時間，拖得越久越好。」

段青青納悶道：「為什麼？」

「別多問！」

段青青只好磨蹭著來到木樁前，裝模作樣地又是吸氣又是吐納，就是遲遲不肯出掌。

丁青峰冷笑道：「小姑娘，不行就算了，何必裝神弄鬼的，你之前很多人也都沒過，你直接認輸也不丟人。」

王小軍衝段青青擺了擺手，段青青只好假作不聞，最後索性閉目養神起來。

小和尚等了半天不見她有動靜，小心道：「段姑娘，可以開始了嗎？」

段青青睜開一隻眼睛道：「考試有時間限定嗎？」

小和尚尷尬道：「那倒沒有，可是都要像你這樣……我們一天就考你一個人了。」

王小軍忽然咳嗽一聲，微微點了點頭，段青青知道他已完事，手掌輕飄飄地按在木樁之上，手再抬起時，木樁上留下了一個深深的掌印，圍觀的人一起倒吸口冷氣。

匯通宣布道：「考試通過——唐思思接著考試。」

唐思思唯唯諾諾道：「讓我大哥先來吧。」

匯通道：「你先來。」

王小軍把那顆鋼珠按在唐思思手裡道：「用這個。」

唐思思把那顆鋼珠在手心裡攥了一下，忽然眼睛發亮道：「這……」

王小軍眨眨眼道：「這顆可是經過我加持的。」

原來他利用這段時間把那顆鋼珠放在掌心又揉又捏，硬生生地把它壓得小了一號，這樣一來，難度就小了不少，而且重量不變，更容易打出準度和力道。

唐思思再站到線後時信心滿滿，略一瞄準，出手便打，就聽「啪」的一聲氣球爆炸，玻璃板卻完好無損。

匯通道：「唐思思考試通過。」

唐思思興奮得跳躍不已，胡泰來笑道：「恭喜，其實你憑自己完全可以做到，只是心理上的因素才導致你害怕的。」

接著，匯通道：「請唐缺上前考試。」

唐缺不動聲色地站線上後，小和尚剛把氣球放好還不等撤手，就見他右手微微一動，氣球已經爆炸，嚇得小和尚一縮。

王小軍趕緊向丁青峰看去，果然，丁青峰蔑笑道：「一個初試而已，臭顯擺什麼？」

唐缺掃了他一眼道：「這位兄台怎麼稱呼？」

丁青峰倨傲道：「我就是點蒼神劍。」

唐缺道：「我是問你姓甚名誰。」

丁青峰語結道：「你……」

邊上有人道：「他叫丁青峰。」

唐缺冷笑道：「原來是丁兄。」兩人是一樣的自傲，倒是針尖對了麥芒。

王小軍失笑道：「這倆貨在一塊，咱們可有熱鬧看了。」

拳掌、暗器的考核告一段落之後，接下來就是兵器類的考試，然而在場諸人中使用兵器的只有丁青峰一人。

滙通一邊指揮小和尚佈置現場，一邊問丁青峰：「丁施主的佩劍帶來了嗎？」

丁青峰道：「來時是讓快遞托運的，想來還在路上。」

滙通道：「敝寺也有長劍，丁施主能否將就？」

「不必麻煩。」丁青峰走到樹叢邊，撇下一根樹枝，把上面的樹葉摘掉道，「我就用這個來考試。」

王小軍嘿然道：「這傢伙肯定早就琢磨這根樹枝半天了，——大師，他肆意破壞少林花草你們管不管？」

陳覓覓笑道：「他也不問到底考什麼，要是讓他用劍劈柴，我看他怎麼辦？」

小和尚們在院子周邊點上了十六根蠟燭，滙通道：「劍術考核規矩如下：考試者要在規定時間內演完一套劍法，但是院內蠟燭不能熄滅，哪怕一根也算失敗。」

丁青峰手持木棍站在蠟燭陣中，滙通道：「你準備好了嗎？」

丁青峰點點頭。

滙通道：「不知丁施主要練什麼劍法，我們也好預估時間。」言外之意是他知曉天下劍法。

丁青峰道：「我練達摩劍法。」

滙通道：「好，那就以九十秒為限，丁施主在九十秒內演完達摩劍法而蠟燭不熄的話，就算過關。」

丁青峰也不多說，手舞木棍嗚嗚作響，即開始了考試。說來也奇怪，他手起棍走，明明是風聲大作，但那些蠟燭火焰筆直朝天，竟連一絲波動也沒有。

王小軍道：「這是什麼鬼？」

陳覓覓點評道：「這說明舞劍者神氣內斂，劍術已經到了一定境界，這位點蒼神劍雖然嘴上不太厚道，但是功夫是真沒的說。」

胡泰來道：「以他的修為，早幾年來武協也能穩過，之所以拖到現在，大概就是想在一千考生中拔個頭籌，好讓點蒼派也露露臉。」

王小軍道：「老胡就是厚道，總願意把人往好裡想。」

丁青峰將一根樹棍舞得水潑不入，邊上那些蠟燭依然火苗筆直，偶有搖曳，也是因為微風之故。

一套劍舞完，丁青峰只用了八十多秒，滙通道：「丁青峰考試通過，初試部分全部結束。」

王小軍道：「大師，正式考核什麼時候開始？」

滙通道：「明天。」

晚飯時間，少林安排了素齋給眾人，這些人身在少林，無酒無肉，又不敢大聲說笑，待得十分拘束。

王小軍問段青青：「大師兄除了告訴你來考試，還跟你說什麼了？」

段青青道：「哪啊，要不是我聽你說過武協的事，他連這個也不肯對我說，我是死磨硬纏才得到這個地址的。」她聽王小軍話裡有話，狡黠道：「我是不是還應該知道些什麼？」

王小軍笑嘻嘻道：「你想多了。」

看來段青青只知其一不知其二，王石璞只是迫於無奈把她帶到河南，至於鐵掌幫的一些秘密卻沒跟她說。

第二天一早，小和尚們又開始佈置現場，以他和胡泰來的實力，考試不過是走個過場，他現在心裡籌劃的，是怎麼在武協正式開幕以前搞定爺爺缺席的問題。

小和尚們工作完成後，匯通又不苟言笑道：「今天進行的是武協考試的複試階段——」他回身一指院中幾個區域道，「複試階段，不同功夫種類的考核在不同地點進行，為了讓大家心裡有底，我先把規則講一遍。」

王小軍聽到這兒，愈加寬心道：「很好，這樣又能節省好多時間。」此時考生還剩二十多人，他唯恐又像昨天那樣佔用一天時間。

匯通先來到院子最西邊，這裡立起幾根竹竿，每兩根竹竿為一個支架，支架上懸空吊著一個皮革製成的包裹，約有一個足球大小。

匯通道：「首先，練拳的考生要擊破革包，每個革包裡都有一張字條，以取得字條為成功。」

他不等眾人議論，又來到院子中間，這裡則擺著一張小桌，小桌上立著一面薄如蟬翼的玻璃，玻璃之後是一塊四四方方、水水嫩嫩的豆腐，豆腐緊挨著牆壁。

匯通道：「練掌的考生需要做的是擊碎玻璃而豆腐不損。」

胡泰來和王小軍對視了一眼，均暗自點了點頭。比起昨天的項目，今天難度確實加劇了不少。那革包凌空擺放，毫不受力，用拳頭擊破它就要求考生內勁潛運，技巧和力量同等重要。

打碎玻璃而不傷豆腐，道理是一樣的，它要求考生掌力爆發而又驟然回撤，其實就是寸勁寸發的技術要爐火純青。一般人做到這些或許七分實力之外還需要三分運氣，但胡泰來和王小軍早已超越了這一階段，今天的考試對他們來說是是十拿九穩的。

匯通又往東走了幾步道：「暗器類的考試和昨天大同小異，仍然是要求考生穿過道具擊破氣球而不傷道具。」

唐思思踮起腳尖觀望，就見擺設跟昨天大相徑庭，從昨天的單面玻璃換成了立體玻璃牆，在兩層玻璃之間赫然有一個彎型通道，簡言之，它要求發射暗器者將暗器打出弧度！

唐思思沮喪道：「完了完了，這麼難誰能做到嘛？」她惶急之下抓住唐缺道，「大哥，你打算怎麼辦？」

唐缺淡然道：「只要手上加點回力，讓飛針順著玻璃壁遊走而出，射破只氣球還不容易?!」

唐思思崩潰道：「可我用的是鋼珠，就算再加回力，一碰到玻璃就會先把玻璃打破——大哥，把你的飛針借我幾根吧。」

唐缺掃了她一眼道：「借你你會使嗎？」

唐思思不顧形象地坐在臺階上道：「我看我的武協之路就到這了。」

「三年不過」安慰她道：「不要緊，你這不是才來第一年嗎？」兩個人自怨自艾同病相憐，簡直要抱頭痛哭。

這時匯通大聲道：「複試考試正式開始，第一考場胡泰來入場，第二考場王小軍第一個考試，第三考場唐缺第一個。」

胡泰來聞言走上前，乾淨俐落地一拳打破革包，一張寫著金剛經的紙條從裡面掉了出來。眾人都是羡慕無比，有的鼓掌有的喝彩。

王小軍飄飄然地來到自己的考試場地，抬起手掌就要拍落，這時他隨口道：「大師，我們考試通過的，是不是這就能去逸雲山莊了？」

滙通面無表情道：「不是，明天還有第三場考試。」

「什麼？」王小軍大吃一驚道，「還有什麼要考的？」

滙通道：「具體內容暫時不知，但今年確實與往年不同，往年只考兩場，今年多加了一場，最終考試通過的考生，會在武協開幕以後集體露相報到。」

「這不行啊！」王小軍急道，「大師，我有事必須在武協開幕之前就見到各位掌門，請你通融一下，哪怕把明天要考試的項目提前到今天也好啊。」

滙通冷眼道：「你覺得我們會為了你一個人破例嗎？」

此刻，王小軍的腦子在飛速地轉著，眼看著這場考試參不參加，意義已經不大了。王東來如果在明天武協開幕之前還沒出現，那他的職務就會被撤銷，繼續耗在少林寺裡只能誤事。

他慢慢收回手掌，陳覓覓遠遠地衝他點點頭，意思很明白，就是讓他即刻放棄考試，趕緊另想辦法。

滙通道：「王小軍，這試你還考不考？」

丁青峰譏笑道：「是不是要知難而退啊？」

王小軍嘿然，他這會壓根沒心情再和這種人鬥嘴，索性走下場去。

滙通愕然道：「王小軍，你真的要放棄考試？」

此時此刻，王小軍的全副心神早就不在考場了，他入不入武協根本就不重要，重要的是不能讓爺爺的主席之位旁落。

對滙通的問話，他心不在焉地點點頭，剛要承認放棄。就在這時，圓通大步走進考場，高聲道：「王小軍在嗎？」

滙通道：「師兄，什麼事？王小軍已經要放棄考試了。」

圓通卻不理他，滿臉帶笑地來到王小軍面前，雙手合十道：「王施主，幸會幸會。」

王小軍斜眼道：「你幹什麼？」

這和尚一開始就沒給他留下好印象，滙通雖然不苟言笑，但是算得上盡職負責，而圓通空擔著主考的名頭，能躲懶就躲懶，來這裡考試的都是新人，誰也入不了他的法眼，平時眼高於頂。

圓通卻不計較王小軍的態度，仍舊眉開眼笑道：「綿月師叔示下，王小軍施主系出名門，而且你的功夫，他老人家是親眼見識過的，所以就不必走這個過場了，請直接往逸雲山莊吧。」

「什麼？」他這句話說完，不但王小軍，在場的人全都傻眼了。

王小軍不可置信道：「你說的是真的？」

圓通陪笑道：「綿月師叔說過的話，自然是真的。」

「那再好不過！」王小軍也樂得順坡下驢，事態緊急，他也沒時間多想，眼珠子一轉道，「可是我還有朋友在這兒呢。」

圓通道：「這好辦，王施主的朋友自然也都身懷絕技，你說讓誰跟你走，那就一律免試。」

丁青峰目瞪口呆道：「豈……豈有此理！綿月大師這是要公然放水嗎？」

圓通反問道：「王小軍是鐵掌幫的，他本來就不用考試，你有意見嗎？」

丁青峰一愣之後又道：「他免試也就罷了，憑什麼他說誰過誰就能過？」

滙通也道：「師兄，綿月師叔真的這麼說了嗎？」

圓通瞪眼道：「這麼大的事我敢信口開河嗎？」

滙通不說話了，丁青峰還要爭辯什麼，圓通怒衝衝道：「誰再多嘴，即刻取消考試資格！」

王小軍背著手，伸手一指道：「老胡思思，你們還等什麼？」

胡泰來和唐思思聞言，趕緊站到他身後，唐思思算是撿了一條命，喜不自勝。胡泰來本來是不大樂意出這樣的風頭的，但這當口也顧不得了。

眾人看他們的眼神又是嫉妒又是羨慕，王小軍又隨手一指「三年不過」道：「你也跟我們走吧。」

「三年不過」既吃驚又意外，茫然道：「你說的是我嗎？」

圓通似乎也有點看不過去了，小聲道：「王施主，這也是你的朋友嗎？」

王小軍道：「他不但是我朋友，而且還是我表哥。」他問「三年不過」道：「表哥，你叫什麼來著？」

「我叫衛魯豫。」

「嗯，過來吧。」

衛魯豫如踏雲霧一般飄飄乎乎地走了出來，一副被幾百萬現鈔砸暈了的幸福表情。圓通見狀也只能翻個白眼。

王小軍的目光又從眾考生面前掃過，這裡面還有武經年算和他有交情，但大武神色淡然，應該是胸有成竹，王小軍又看看段青青，段青青朝他微微搖了搖頭，意思是想靠自己的實力通過考試。

王小軍對唐缺道：「缺兄，要不要搭個順風車呀？」

唐缺冷淡道：「唐門弟子不占這種便宜。」

王小軍笑道：「那好，祝你考試順利。」他便對圓通道：「替我多謝綿月大師，我們這就走了。」

圓通面帶微笑道：「好，恕不相送。」

這時正在進行的是唐缺的考試，只見唐缺信心滿滿地站線上後，手裡拈出一根鋼針，目光炯炯地瞄了一會兒，冷不丁抬手將針射出，誰知那氣球紋絲不動。唐缺見狀驚訝道：「怎麼會？」

圓通板著臉道：「考核失敗，唐施主請回吧。」

唐缺渾渾噩噩道：「回哪兒？」

圓通冷笑道：「從哪兒來的回哪兒。」

兩個小和尚應聲道：「唐施主請。」

唐缺不甘道：「不可能，我要求重試！」

圓通道：「每人只有一次機會，任何人不得例外。」

兩個小和尚又道：「唐施主請。」

丁青峰抱著膀子，冷不丁嘿嘿笑了幾聲，這種時刻，他什麼也不用說，就這兩聲笑就抵得上萬箭穿心。唐缺狠命跺了一下腳，幾乎是逃跑一樣跑出大門。

逸雲山莊並不難找，離少林派也就四十多公里的樣子，王小軍他們四個加上衛魯豫，五個年輕人一路上可謂歡歌笑語。

衛魯豫由衷道：「小軍，這次多謝你了，我真不知該說什麼好。」

王小軍笑道：「別客氣，相識就是緣分。」

胡泰來道：「其實憑你的實力自己過也是可以的，你就是太患得患失。」

陳覓覓道：「說起這個，你們不覺得綿月今天這事做得很詭異嗎？堂堂的少林高僧，做事情一點臉面都不顧，而且他不單是不顧自己的臉面，連少林和咱們的臉面也豁出去了，以後行走江湖，少林和咱們幾人今日之事難免會成為被人詬病的把柄。」

王小軍道：「無所謂了，要不是時間緊急，咱也不屑占這點小便宜。」

說話間，逸雲山莊已經到了。

從山下看，逸雲山莊被籠蓋在一片鬱鬱蔥蔥的植被中，偶有乳白色的別墅群露出一角，人還沒上去，就已感覺到這是一個低調奢華的度假勝地。

到達山莊正門，一個四十多歲的中年人身穿山莊統一制服，遠遠地示意停車。王小軍探出頭去道：「大叔你好。」

制服大叔見車裡都是年輕人，冷冷道：「抱歉，山莊本月不接待散客。」

王小軍道：「我們是來參加武協大會的。」

制服大叔聽了臉色一變，道：「請出示簡訊。」

王小軍道：「那個……我們是從少林別院剛考完試的新生，所以沒有簡訊。」

制服大叔馬上道：「你就是王小軍吧？」

「是我。」

制服大叔肅然起敬道：「果然是年輕有為，綿月大師特意交代過說你們要來，快請進。」他打開電子門，讓王小軍把車放在停車場，隨即上了一輛電瓶車，「各位請隨我來。」

眾人上了車，制服大叔邊往山上開，邊給眾人當起了導遊。

王小軍見他胳膊筋線粗壯，顯然身有武功，於是問：「大叔難道也是綿月大師的弟子？」

「我哪有這樣的福分？」制服大叔道：「開創這個山莊的老總——就是莊主吧，是少林派俗家弟子，算是半個武林人士。」

王小軍道：「我們住這的這段時間房錢誰給？是走的時候結帳嗎？」

制服大叔乾笑道：「王兄弟開什麼玩笑，這次能有榮幸接待各位英豪，那是臉面有光的事啊，難道還能讓你們掏錢？」

陳覓覓小聲道：「聽我師兄說，以前武協大會都是六大派一起商定地方，費用與會者均攤，這次少林派居然做起了東。」

王小軍點點頭，這次武協大會在河南開，新生考核在少林寺，會場的主人又是少林弟子，無形中少林派的發言權就會多一點，不過少林自古就是武林的核心，倒也說不出什麼不對。

制服大叔車開到半路道：「除了王兄弟，不知道另外幾位是哪門哪派的，我好將眾位都送到相應的地方下榻。」

王小軍奇道：「怎麼大家不是都在一起嗎？」

制服大叔道：「不是，六大派都有自己的主樓，其餘各派也都有各自的住處，大家開會的時候歡聚一堂，閒了就四處欣賞欣賞山景，這也是綿月大師和我們莊主的一片苦心啊。」

王小軍道：「那先送我去鐵掌幫的住處，你們呢？」

陳覓覓笑道：「我們先和你去拜見你大師兄，住的地方自己慢慢找就是了。」

這時衛魯豫忽然站起來道：「停車停車，我住的地方到了。」

原來山莊每一處路口都有明白的標識牌，向右的箭頭明白地寫著「山東大勝拳」。衛魯豫風風火火地下了車，衝幾人抱拳道：「我先把我通過考試的消息告訴我師父去，咱們後會有期。」

眾人作別了衛魯豫，電瓶車又往裡開了一段，停在一幢別墅前，房前的草坪上插著一面牌子，寫著「鐵掌幫」三個字，周圍的別墅也大多如此。唐思思好笑道：「這武林大會開得跟聯合國會議似的。」

制服大叔面帶微笑道：「陳姑娘、胡兄弟、唐大小姐，咱們也後會有期，你們有什麼要求的話儘管找我，各位是綿月大師特別交代要照顧的人，千萬不要客氣。」

陳覓覓意外道：「你知道我們是誰？」

制服大叔道：「綿月大師說了，小軍兄弟可能會帶三個人一起到會，剛才不是多出一個嗎？我又不好亂問以免得罪人，現在終於對上號了。」

四人均感意外，門口一個保安大叔居然也心細如髮，由此可見綿月為了他們幾個也算費了心。

房門半掩並沒上鎖，王小軍推門進來，就見王石璞懶洋洋地坐在沙發上，一隻腳擱在茶几上，手邊放著一杯剛泡好的茶，電視開著，但他卻是在閉目養神，有種推銷員出差參加展銷會的疲憊。

王小軍一驚一乍道：「大師兄！都什麼時候了，你還有心情看電視？」

王石璞把眼睛微微睜開一條縫，淡然道：「小軍來了啊。」見還有別人這才把腳收回來，按按手道，「坐，都坐。」

王小軍氣不打一處來，他火急火燎地趕到會場是為了和時間賽跑，這會兒再也顧不上客氣道：「大師兄，你知不知道明天正式開會之前我爺爺要是再不出現，他的常委位子就要被取消了？」

王石璞懶懶道：「這不都是我跟你說的嗎？」

王小軍攤手：「所以你就不該做點什麼嗎？」

王石璞轉著茶杯道：「我該做什麼呢？」

王小軍無語道：「趕緊找其他的常委商量啊，求情啊，看是讓我爺爺的任期延長，還是由你來接替，難道就這麼坐以待斃嗎？」

王石璞道：「借一步說話。」

陳覓覓忙道：「不用了，還是我們走吧。」她對王小軍道，「我們就在外面等你。」

等旁人走後，王石璞才道：「小軍，好久不見啊。」

兩人自從郊區賓館大戰余二和青城四秀就再沒見過，其實算來也才短短兩個月，不過這期間發生了許多事，當真有恍如隔世的感覺。

王石璞道：「當初我就是隨便一說，沒想到你上了心，你現在還在想著保住鐵掌幫的常委和你爺爺的主席位置嗎？」

王小軍反問道：「不然咧？難道把它拱手送給余巴川嗎？」

王石璞道：「你這麼做就是為了和余巴川作對嗎？」

王小軍急道：「當然還有鐵掌幫。」

王石璞淡淡道：「你怎麼還不明白呢，這個位子你就算坐上去了，以後也保不住。」

王小軍揚眉道：「為什麼？」

王石璞冷不丁道：「我最近練功，手腕處有灼熱之感，你呢？」

「我沒有……」王小軍悚然一驚道，「大師兄，你也開始被反噬了？」

王石璞緩緩點頭：「現在你明白了吧？咱們鐵掌幫內憂大於外患，我還是那句話，一切順其自然吧。常委的位子保不保得住不重要，主席也不重要，甚至留不留在武協都不重要，你還年輕，我和你爸都希望你過正常人的日子。」

王小軍警覺道：「我爸跟你說什麼了嗎？」

王石璞苦笑道：「你放心，我沒想廢你武功，但我是你的前車之鑑……」

王小軍擺手道：「別說這麼多了，這次武協大會你到底準備怎麼辦？」

王石璞一字一句道：「借機推掉主席的位子和六大派常委的席位，只保留武協會員的身分，從此以後低調行事，逐漸淡出武林。」

王小軍手腳冰涼道：「這是你和我爸一起決定的嗎？」

王石璞搖頭道：「這只是我個人的意見，師叔現在的狀態你也知道，他已經不打算再過問太多了。」

王小軍握緊拳頭道：「不行，鐵掌幫還有我在，我不能讓你這麼搞！」

王石璞道：「論幫中地位，我是你師兄，排位也在你前面，按規矩你得聽我的。」

王小軍聽了道：「好，那我就以第三順位繼承人的身分挑戰你，你輸了的話，就得一切聽我的！」

王小軍說完這句話，王石璞盯著他看了好一會兒，居然道：「好！」

王小軍活動著手腳道：「咱們在哪兒比？」

王石璞按按手道：「咱倆練的是一樣的功夫，打來打去無非把屋子毀了，讓外人聽見也不好，不如換個方法來決勝。」

「什麼方法？」

王石璞把茶放在茶几正中，緩緩道：「茶杯放在這裡，誰能先喝到裡面的水就算誰贏。」

王小軍想了想道：「好！」

王石璞道：「那我數到三就開始。」

「好！」

王小軍和王石璞相對而坐，兩人都是面色凝重，王石璞慢慢開口道：「一，二，三！」

他「三」字甫一出口，左掌攏成個圈子將茶杯護住，右手便去抓杯身。不料王小軍沒出任何花俏的招式，右掌猛擊將杯子擊碎，隨即全身匍匐在茶几上。

這時已是深秋，王小軍穿著一件半棉半絨的上衣，他這一趴下，頓時把流了滿茶几的茶水都吸在身上，他飛快地脫下上衣舉過頭頂一擰，接著張嘴就喝。

王石璞看得發傻，手捂著心口道：「別……別喝了，算你贏！」

王小軍道：「這可是你說的！」

「我說的。」王石璞感嘆道，「從小你的鬼點子就多，不過這也太噁心了……」

王小軍笑嘻嘻道：「對付大師兄不能掉以輕心，這招你沒想到吧？」

原來他自知在心智和技巧方面肯定會輸王石璞，索性琢磨出這種半投機半耍賴的辦法。

王石璞苦笑道：「說話算話，從今以後，鐵掌幫的事你說了算。」

王小軍道：「那我在武協上說什麼話辦什麼事你可得挺我，不能拆我的台。」

王石璞道：「那是自然。」

王小軍見王石璞一副泰然的樣子，忽然道：「大師兄，你是故意輸給我的吧？」

王石璞攏攏稀疏的頭髮道：「我為什麼這麼做？」

王小軍分析道：「因為你身分特殊，畢竟不適合和一幫江湖人廝混，更別說一言不合就大打出手了，而直接把我支到前臺呢，別人又會說鐵掌幫沒大沒小，兄不友弟不恭，所以乾脆借比武輸給我的理由，讓我去對付那幫老傢伙，這樣別人就說不出你什麼了。其實你那些話也是說說而已，並沒想真的讓鐵掌幫退出江湖，是吧？」

王石璞淡淡道：「親兄弟就不要明算帳了，看透不說破也是一種智慧。還有，退出江湖的話我也不是說說而已，但是既然你還想搏一把，那我也不能阻止你。」

王小軍道：「明白，那我現在就去找六大派的掌門，商量武協主席一位的順延問題。」

王石璞點頭道：「你去吧，但是記住，誰主張誰擔當，就算這個位子繼續留在鐵掌幫，我肯定也是坐不來的，而且我在這裡也待不長，過幾天省長要去鎮裡視察，我的工作性質你懂的。」

王小軍意外道：「你的意思是讓我接任我爺爺的職務？」

王石璞道：「這也沒什麼不可以，時代不一樣了，要順應潮流嘛。」

「呃，我先不管你了，我要合縱連橫去了。」

王石璞道：「祝你馬到成功。」

王小軍走出來，陳覓覓他們立刻圍上問：「你大師兄和你說什麼了？」

王小軍道：「簡言之，他是靠不上了，剩下的就看咱們自己了——我這就去挨個拜見六大派的掌門。」

陳覓覓道：「告訴你一個壞消息，我剛才打電話問過了，我師兄他們現在還在武當山上，他們坐明天的飛機到這裡。」

唐思思道：「江輕霞她們也一樣——我們已經替你問過了，六大派的掌門現在沒一個在逸雲山莊。」

王小軍道：「大戲就要開場了，主角居然一個也沒到？」

陳覓覓道：「正因為是主角所以才得拿拿架子，這似乎已經成了一個慣例，六大派開會都是當天到場。」

王小軍大嘆道：「武林人搞活動怎麼比政府部門還要官僚主義，我大師兄堂堂的鎮長，還不是乖乖提前一天到了？」

陳覓覓回道：「現在的官員都講形象，江湖人誰管你那一套，誰輩分高、面子大，誰就可以倚老賣老，這也是一種排場。」

王小軍道：「六個常委我爺爺不在，就剩了五個，那麼讓一個提議通過剛好需要其中的三票，憑咱們和江輕霞的關係，她那一票可保無虞；華山派的華濤靠不住，那人就想悶聲發財，剩下的……就更不好說了。」

陳覓覓笑道：「我只好腆著小臉去爭取我師兄那一票，你幫我們武當奪回了真武劍，他可欠你一個人情呢。」

唐思思幽幽道：「他拐走了武當的小聖女，這筆賬又怎麼算？」

王小軍無語道：「你能不能說點積極正面的？」

這時胡泰來忽道：「我覺得你們忽略了一個很重要的問題！」

眾人道：「什麼？」

胡泰來道：「小軍的爺爺缺席了整整一年半時間，職務馬上面臨被撤銷的境地，這就像一個工人曠工達到了夠被開除的地步，你們想替這個工人求情，讓人們再給他一個機會，這種事得在廠裡開大會之前就說好吧？明天諸位掌門到會之後，小軍的爺爺還沒出現，那就意味著職務即時被取消，你再提出順延的要求也晚了……」

王小軍臉色一變道：「沒錯，這是個問題！」

唐思思道：「那怎麼辦嘛，這種事電話上又說不清，咱們就算分頭去說服他們也來不及了啊！」

王小軍冷汗直冒，強迫自己冷靜，嘴裡一個勁嘀咕：「別急，一定有辦法的，一定有辦法的。」

這時，一個老頭領著另一個老頭出現了……這倆老頭看樣子差不多年齡，然而前面那個背著手，一副家長的樣子，後面那個則只顧低頭玩手機，不時地被提醒注意腳下的路。

前面那老頭見王小軍滿臉愁容的樣子，跺腳道：「稚嫩！」

王小軍被他嚇了一跳，回頭一看，喜道：「六爺？」這倆老頭正是劉老六和苦孩兒。

眾人見了劉老六，也都笑嘻嘻地上來見禮，陳覓覓質問道：「苦孩兒，你答應過我什麼來著，怎麼只顧玩手機？」

苦孩兒吃了一驚，下意識道：「今天這才是第二次。」隨即歡喜道：「覓覓！」

陳覓覓哈哈一笑，過去拉著苦孩兒又笑又跳，大夥自武當山一別今天重逢，著實熱鬧了一陣。

王小軍這時問劉老六：「六爺，你剛才說誰稚嫩呢？」

劉老六板起臉道：「說你。」

「我怎麼稚嫩了？」

劉老六嚴肅道：「有問題不找六爺，那不是稚嫩是什麼？」

見到劉老六，王小軍心裡多少活動了一下，但是並沒有抱太大希望，唐思思把目前他們的問題說了一遍，劉老六聽後默然無語。

王小軍擠兌他道：「六爺，是不是沒轍了？」

「讓我先想想。」劉老六衝苦孩兒招招手道：「苦孩兒，終於見著王小軍了，你不是每天念叨他嗎？」

王小軍道：「念叨我幹什麼？」

苦孩兒忽然蹦到他面前道：「找你打架！」

王小軍苦著臉道：「我現在哪有心情打架？」

劉老六道：「你就陪他活動活動吧，不然他整天就只顧玩手機了。」

王小軍無奈，只好在空地上和苦孩兒過起招來。

這是繼他徹底領悟了游龍勁以後第一次和苦孩兒比試，兩人戰在一處，苦孩兒處於下風，但老瘋子是單純的癡迷武功，他被王小軍帶得東倒西歪，反而大呼過癮。

劉老六掏出玉石煙嘴，坐在路邊的石頭上吧嗒吧嗒抽著菸，面露難色思索著。王小軍一邊和苦孩兒交手一邊道：「六爺，沒輒就算了，我們再想別的辦法。」

劉老六一言不吭，抽完一根菸，把菸頭拽出來扔在地上踩滅，這才道：「誰說我沒辦法？我有！」

王小軍嘿然道：「別勉強啊，你是活百科全書，這種需要急智的問題不在行，我們也不會笑話你。」

劉老六索性招招手道：「來，我把我的辦法跟你們說說。」

王小軍急忙示意苦孩兒暫停，但苦孩兒哪裡肯甘休，劉老六道：「你繼續跟他玩，用耳朵聽就行了。」他忽然轉向胡泰來道：「你已經是黑虎門的掌門了是吧？」

胡泰來正專心地看著王小軍和苦孩兒比武，五體投地道：「你是怎麼知道的？」他繼任掌門的事不過也才十幾天時間，祁青樹還沒來得及通告朋友，劉老六居然就輕描淡寫地說了出來！

唐思思吐舌道：「是我剛跟他說的！」

胡泰來啞然失笑。

劉老六又問唐思思：「你爺爺已經到逸雲山莊了吧？」

唐思思道：「是的，但是我還沒來得及去見他。」

劉老六點點頭道：「這就已經兩個了。」

陳覓覓納悶道：「六爺，您到底想說什麼？」

劉老六道：「武協除了六大派是常委以外，還有很多委員，為了不讓六大派獨斷專行，委員們也是有一定權限的，武協規定，每屆武協開幕以前，委員們的提議有優先權，但是需要五個委員一起提議。」

陳覓覓意外道：「竟然還有這樣的事，成為委員有什麼要求嗎？」

劉老六道：「當然，而且要求不低，首先，你得是一個門派，也就是說，個人是當不了委員的；其次，你還得有一定的江湖地位。」

胡泰來豁然開朗道：「我們黑虎門算一個，思思求求她爺爺，唐門算一個，我們再找三個委員，提議讓小軍爺爺的職務順延，那就有了緩衝的時間！」

陳覓覓道：「可是想湊夠五個委員可也不容易啊。」

劉老六道：「你們行走江湖這麼久，就沒個朋友什麼的？只要有委員提議，小軍他爺爺的事就得被討論，只要有討論就有機會，總比一開始就沒得商量好吧？」

王小軍一招逼退苦孩兒，由衷佩服道：「六爺不愧是六爺，一根菸的時間就想出辦法了。」

劉老六道：「我早想出來了，這會兒才說是為了讓苦孩兒休息休息眼睛。」

王小軍：「……」

請續看《這一代的武林》捌 潑天陰謀

這一代的武林 柒 武林醜聞

作者：張小花
發行人：陳曉林
出版所：風雲時代出版股份有限公司
地址：10576台北市民生東路五段178號7樓之3
電話：(02) 2756-0949
傳真：(02) 2765-3799
執行主編：朱墨菲
美術設計：吳宗潔
行銷企劃：林安莉
業務總監：張瑋鳳

初版日期：2019年4月
版權授權：閱文集團
ISBN：978-986-352-678-0
風雲書網：http://www.eastbooks.com.tw
官方部落格：http://eastbooks.pixnet.net/blog
Facebook：http://www.facebook.com/h7560949
E-mail：h7560949@ms15.hinet.net
劃撥帳號：12043291
戶名：風雲時代出版股份有限公司

風雲發行所：33373桃園市龜山區公西村2鄰復興街304巷96號
電話：(03) 318-1378
傳真：(03) 318-1378
法律顧問：永然法律事務所 李永然律師
北辰著作權事務所 蕭雄淋律師

行政院新聞局局版台業字第3595號 營利事業統一編號22759935

定價：280元　特惠價：199元

國家圖書館出版品預行編目資料

這一代的武林 / 張小花著. -- 初版. -- 臺北市：風雲時代,2019.03-　冊；　公分

ISBN 978-986-352-678-0（第7冊；平裝）

857.7　　107018081